선을 지키는 일

선을 지키는 일

ⓒ 조미해

1판 1쇄 발행 | 2025년 11월 30일

지은이 | 조미해
펴낸이 | 정홍수
편집 | 김현숙 이명주
펴낸곳 | (주)도서출판 강
출판등록 | 2000년 8월 9일(제2000-185호)

주소 | 서울시 마포구 동교로17안길 21 (우 04002)
전화 | 02-325-9566
팩시밀리 | 02-325-8486
전자우편 | gangpub@hanmail.net

값 15,000원
ISBN 978-89-8218-374-4   03810

* 이 책의 판권은 지은이와 도서출판 강에 있습니다.
  이 책 내용의 전부 또는 일부를 재사용하려면 반드시 양측의 서면 동의를 받아야 합니다.
* 잘못 만들어진 책은 구입처에서 교환해드립니다.

* 본 도서는 인천광역시와 (재)인천문화재단의 후원을 받아 '2025 예술창작지원사업'에 선정되어
  발간되었습니다.

선을 지키는 일

조미해 소설집

차 례

더미 _ 7
선을 지키는 일 _ 39
부끄러움을 아는 마음 _ 71
남태평양에는 쿠로마구로가 산다 _ 103
마스카라 _ 131
그런 게 다 무슨 소용이에요 _ 159
비 내리는 밤에 우리는 _ 189

해설 욕망의 지배 구도 | 박덕규 _ 218
작가의 말 _ 233
수록 작품 발표 지면 _ 236

더미

양치질하다가 거울을 봤다. 오른쪽 눈썹꼬리에 마침표 같은 점 한 개가 찍혀 있었다. 처음에는 볼펜 같은 걸로 찍힌 자국인가 싶어 몇 번이고 문질렀고 그래도 없어지지 않아 비누까지 묻혀 닦아냈지만 소용없었다. 다음 날 아침 그 점은 조금 더 커져 양각 상태로 도드라져 있었다. 눈썹을 더듬으면 좁쌀 알갱이 같은 것이 만져졌다. 잠을 자는 사이 조금씩 자라는 것 같았다. 다음 날, 그다음 날도 점은 조금씩 더 자라 검붉은색을 띠었는데 수수 알갱이를 연상시켰다. 점을 발견한 지 오 일째 되는 날이었다. 자고 일어났는데 기분이 이상했다. 나는 한참이나 거울을 들여다보다 깜짝 놀랐다. 영주가 거기 서 있었다.

사람들이 나와 영주를 헷갈리면 나는 농담처럼 말하곤 했다. 눈썹 끝에 점이 있으면 영주, 없으면 나.

내 말에 사람들은 어리둥절한 표정을 짓거나 웃어넘겼다. 한때 입술 끝에 점을 찍고 나와 다른 사람 행세를 한 드라마가 화제가 된 적이 있다고 했다. 하지만 눈썹에 가려진 점은 입술 끝에 난 점과 달리 자세히 들여다보지 않으면 눈에 잘 띄지 않았고 사람들은 내 말에도 나와 영주를 구분하지 못했다.

*

더미를 넘겨야 하는 날이 코앞으로 다가왔다. 나는 서둘러 작업실로 향했다. 작업실은 인가가 없는 산등성이 외진 곳에 있었다. 시내에 비해 땅값이 싸다는 이유도 있었지만, 무엇보다 번거로운 일에 휘말리지 않기 위해서라고 했다. 더미를 시체로 오인해 여러 번 신고를 받은 적이 있다는 일화는 이 업계에서는 빈번한 일이었고 가능하면 그런 일에 휩쓸리지 않기 위해 외진 곳에 작업실을 마련한다고 했다.

시내에 있는 집에서 작업실을 가려면 자동차를 타고 좁고 긴 시골길을 삼십 분 이상 달려야 했다. 주위에는 풀이 무성한 빈 들판뿐이어서 종종 교외로 소풍 가는 기분이 들기도 했다. 땅을 깎아 만든 터에 건물이 보이기 시작했을 무렵에는 동이 트고 있었다. 두 갈래 길이 눈앞에 나타났다. 들판으로 이어진 길을 따라가면 마을이, 산 쪽으로 난 길을 따라가면 작업실이 나왔다. 작업실 쪽으로 핸들을 꺾으니 강을 알리는 이정표가 비스듬히 서 있었다. 나는 종종 작업실 창가에 서서 강 너머로 해가 저물어가는 것을 지켜보았다. 휴가철이면 북적거리기도 했다는 강이었으나 언젠가부터 사람들이 잘 찾지 않는다고 했다. 수초가 많아서인지 음산한 기운을 풍겼는데 실제로 빠져 죽은 사람이 여럿이었다는 얘기를 나는 영주로부터 들었다.

출근하자마자 창문부터 열어젖히고는 몸을 내밀어 숨을 크게 들이마셨다. 비라도 오려는지 하늘은 좀체 밝아오지 않았다. 나는 석고가 얼룩덜룩 묻어 있는 방수 앞치마를 두르고는 영주가 그랬던 것처럼 담배에 불을 붙였다. 담배 냄새가 실내에 고여 있던 알지네이트 냄새에 섞여들었다. 숨을 크게 내뱉으며 스테인리스 침상에 누워 있는 영주를 봤다. 언제나 그랬듯 영주는 나를 보고 있지 않았다.

삐졌어?

담배를 왼손으로 바꿔 들며 물었다. 대답이 있을 리 없었다.

내가 깜빡했지 뭐야. 잠깐만 기다려.

그때였다. 투둑, 빗방울 떨어지는 소리가 났다. 후덥지근한 바람이 들어와 실내를 흘깃거리다 슬그머니 빠져나갔다. 나는 미간을 찡그리며 튀는 빗방울을 피해 창문을 닫았다. 소독약 냄새도 고무 냄새도 아닌, 그러나 묘하게 그 두 냄새를 섞어놓은 것 같은 불쾌한 냄새가 실내에 떠돌았다. 나는 담배를 마저 피운 뒤 붓을 쥐고는 영주의 눈썹 끝에 수수 알갱이만 한 점을 찍었다. 얼핏 보면 눈썹에 가려 점은 잘 보이지 않았다.

더미 한 구를 만들어보지 않겠느냐고 분장감독이 제안해온 건 6개월 전이었다. 수초에 발이 감긴 익사체여야 한다고 했을 때는 머리카락이 쭈뼛 서는 기분이었다. 주검이 수초에 발이 감겨 떠내려가지 않았음에도 쉽게 발견되지 않았던 까닭은, 검은 머리카락이 물살에 흔들리며 수초처럼 보였기 때문이라고 그는 설명했다.

그것이 영화의 첫 장면이 될 거야. 풀빛 원피스를 입고 있어서 더욱 눈에 띄지 않았던 거지.

첫 장면에서 관객을 사로잡으려면 그 모습이 오랫동안 기억에 남을 수 있을 만큼 리얼해야 한다며 그는 거듭 강조했다. 카메라가 얼굴로도 클로즈업될 거야. 그가 말했고 나는 한참 만에 떨리는 목소리로 그럼 어떤 얼굴이어야 하느냐고 물었다.

첫 장면에서 등장하기만 할 거니까 얼굴은 네 마음대로 만들어도 돼. 단 눈에 띌 정도로 예쁘거나 지나치게 못생겨도 안 되겠지.

그는 나를 빤히 쳐다봤다.

범죄 스릴러 수사극이니까 얼굴로 사람들 시선을 끌면 안 돼. 중요한 건 또 다른 수초 같은 주검이라야 한다는 거야.

어째서인지 나를 쳐다보는 그의 눈초리가 매서웠다. 그는 내게 자꾸 무슨 말인지 알겠느냐고 물었다. 나는 그가 말하는 장면을 상상하려 애썼지만, 더미의 얼굴을 구체적으로 떠올릴 수 없었다. 그는 나를 한참이나 쳐다보더니 혀를 끌끌 찼다.

네 얼굴, 바로 네 얼굴이면 좋겠다는 얘기야. 무슨 말인지 아직도 모르겠어?

그가 언짢다는 듯 목소리를 높였다. 나처럼 평범한 얼굴이야말로 사람들의 시선을 끌지 못할 거라고 했다. 나는 그의 말 속에 다른 뜻이 숨겨진 건 아닌지 의심했다. 그가 나에 대해 알 리가 없다고 여겼으나 그는 내 예상을 뛰어넘는 사람이었다.

더미에도 영주 네 이름을 그대로 붙이자.

내 이름을 그대로 붙이자는 감독의 말에 쓴웃음이 나왔다. 그의 말은 틀렸다고도, 맞다고도 할 수 없었기 때문이었다. 하지만 아무래도 상관없었다. 영주와 영화는 같은 날 같은 얼굴로 태어난 쌍둥이였으니 말이다.

영주가 죽었을 때 경찰은 나를 의심했다. 미끄러지는 걸 직접 보았느냐고 물었고 우울증을 앓았다는 말의 의미를 물었다. 당황하는 나에게 혹시 밀어버린 건, 아니죠? 하고 슬쩍 떠보기도 했다. 물에서 건진 영주의 몸에서는 타살 정황을 찾을 수 없없고 유일한 가족이었던 내가 영주를 죽일 이유가 없다고 경찰은 판단했다. 영주가 죽은 뒤 등본을 비롯한 모든 서류에서 흔적 없이 지워진 것은 장영주 대신 장영화라는 이름이었다. 어린 시절 화상으로 지워진 지문 덕에 이름 바꾸는 것은 문제 되지 않았다. 그러니 그가 뭔가를 알고 나에게 이런 주문을 하지는 않았을 것이다.

 내 얼굴과 몸에 알지네이트를 발라 틀을 만들고 그 틀에 석고를 부어 굳힌 뒤 다시 경화제를 섞은 실리콘을 부어 만든 더미가 영주였다. 사람 피부를 표현하는 데는 실리콘만 한 재료가 없다고 생각하면서 땀구멍 하나까지 세심하게 신경을 썼다. 영주의 손에 난 수많은 실금 사이로 둥글게 말린 지문을 되살려냈고 발뒤꿈치 각질 또한 까칠하게 돋우었다. 눈썹과 속눈썹 그리고 코털과 얼굴에 나 있는 솜털 하나까지 놓치지 않으려고 애썼다. 색깔과 숱의 양을 생각하며 머리칼을 심었고, 정수리 부분에는 몇 가닥의 새치를 섞어 완성했다.

 뭔가 미묘하게 달라.

 그는 입꼬리를 올려 웃을 듯 말 듯한 표정을 지었다. 더미 영주를 두고 하는 말인지 나에게 하는 말인지 알 수 없었다.

 뭐가요?

 갈라진 목소리가 허공에 흩어졌다.

 그는 스테인리스 작업대에 누워 있는 영주와 나를 번갈아 쳐다보았다. 말투며 걸음걸이며 사소한 생활 습관까지도 영주처럼 보이기 위해 무척 애를 썼음에도 들통난 것만 같았다.

*

겨우 끝자락만 보이는 강 너머에 저녁놀이 걸려 있었다. 나는 의식을 치르듯 작업실 전등 스위치를 내렸다. 스러져가는 햇살이 창틈으로 스며들자 작업실에 있던 더미들이 수혈하듯 붉은빛을 빨아들이기 시작했다. 더미의 창백한 얼굴에 생기가 돌면 어둠 속 생명들이 서서히 열기를 내뿜었다. 하늘이 주홍빛으로 물드는 시각, 더미가 숨을 쉬고 몸을 일으키는 이 시각이 나는 좋았다.

작업실에는 목이 잘려 머리통만 남은 더미가 퍼렇게 질린 얼굴로 출입문 양옆에 수문장처럼 매달려 있었고, 피멍 든 채로 잘린 팔다리가 선반에서 나뒹굴었다. 문 옆에 놓인 벤치에는 살점이 뜯겨 목뼈가 드러난 더미와 머리 없이 덩그러니 몸뚱이만 남은 더미가 이란성쌍둥이처럼 나란히 걸터앉아 있었다. 그것들은 긴 장대에 매달려 효수되는 머리나, 장수의 칼에 베인 목으로 쓰일 수도 있으며 전쟁터에서 나뒹구는 팔다리가 될 수도 있을 것이었다. 목뼈가 드러난 시체 모형과 몸뚱이만 남은 시체 모형들도 각각 납량특집극에서 역할을 맡을 더미들이었다. 표정을 가지고 있지 않기 때문에 몇 번이고 텔레비전이나 영화에 출연해도 괜찮을 것이었다.

　담배에 불을 붙이고 연기를 빨아들였다. 입안 가득 연기가 들어찼다. 볼과 배가 홀쭉해지도록 모았던 숨을 천천히 내뱉으며 창밖을 내다보았다. 시야가 부옇게 흐려졌다. 하늘을 물들이던 노을은 이제 푸르스름한 기운으로 강 너머에서 어른거렸다. 나는 다시 담배 연기를 빨아들인 뒤 공을 굴리듯 연기를 둥글게 말아 물고는 영주를 향해 길게 내뿜었다. 스테인리스 침상에 누워 있던 영주가 연기 속으로 사라졌다. 담배를 비벼 끄고 꺼두었던 전등 스위치를 올렸다. 갑자기 밝아진 빛에 당황한 듯 영주가 핏기 없는 얼굴로 형광등 아래에서 번뜩였다. 흡사 빛을 만난 좀비처럼 작업실에 있던 더미들은 생기 빠진 얼굴로 축 늘어졌다.

　영주의 허벅지를 힘껏 벌리고 지지대로 다리를 고정했다. 그러고는 손바닥만 한 둥글납작한 석고틀 안쪽에 오일을 발랐다. 그래야 실리콘이 굳어도 석고틀에서 잘 떨어질 것이다. 나는 그것을 영주의 가랑이 사이에 얹었다. 살구색 살결에 얹힌 석고틀은 얼룩덜룩한 지문 자국이 군데군데 남아 하얗다기보다는 잿빛에 가까웠다. 천천히 조심조심 깔때기의 면에 실리콘이 닿도록 기울여서 부었다. 가능한 낙차가 생기지 않게 자세를 낮추어야 실리콘에 기포가 생기지 않는다. 석고틀에 난 손가락 굵기의 구멍으로 경화제를 섞은 실리콘이 뭉글뭉글 내려앉았다. 시간이 지나면 꾸덕꾸덕 굳어 모양이 만들어질 것이다.

영주야!

그가 내 등 뒤에 서서 스테인리스 침상에 누워있는 영주를 보고 있었다. 안경 너머로 보이는 눈이 매서웠다.

넌 역시 영리한 아이야.

그가 하는 말의 의미를 알지 못한 나는 미간을 찡그렸다. 그가 클클클, 소리 내어 웃더니 영주의 샅을 가리켰다.

엊그제 작업실에 들러 영주를 살피던 그가 작은 것 하나라도 소홀히 해서는 안 된다고, 그 작은 차이가 프로와 아마추어를 구별 짓는 거라고 말했다. 수초가 많은 강은 잠잠한 것 같아도 물살이 한시도 가만히 있지 않는 법이라고. 그 말은 더미가 입고 있을 원피스가 물살에 흔들리다 뒤집힐 수 있다는 말이었고 자칫 음부가 드러날 수 있다는 말이기도 했다.

분장감독인 그는 뭐든 에둘러 말했다. 그가 하는 말의 의미를 파악하고 그의 마음을 읽어내기 위해 늘 애써야 했다. 단어 자체의 의미뿐 아니라 말꼬리가 올라갔는지 내려갔는지, 말을 길게 늘였는지 짧게 끊었는지, 말을 하는 동안 그의 눈빛이 어디를 향하는지, 그의 입꼬리가 올라갔는지 미간을 찡그리고 있지는 않는지, 광대는 어떻게 움찔거리는지. 그 어느 것 하나도 놓치면 안 되었다. 아직도 나는 영주야, 하고 나직이 부를 때의 그의 마음을 헤아리지 못한다. 죽은 영주를 부르는 것인지 스테인리스 침상에 누워 있는 더미를 부르는 것인지 아니면 나를 부르는 것인지, 도무지 가늠이 되지 않았다.

그날도 그랬다. 영주를 보내고 첫 출근을 한 날, 그는 내게 다가와 나직하게 영주야, 하고 불렀다. 아무 대답을 하지 못하는 나를 향해 왜? 너는 영주가 아니야? 하고 느물느물 웃었다. 그럴 리가요, 하고 대답하는 내 목소리가 떨려 나왔다.

난 또, 영주 쌍둥이가 온 줄.

비밀을 들킨 것처럼 숨이 막혔다. 문득 작업실에 처음 발을 들였을 때 영주가 내게 한 말이 떠올랐다. 자신이 쌍둥이인 걸 아는 사람이 없으니 절대 눈에 띄지 않게 행동하라고, 특히 감독의 눈에 띄면 안 된다며 과도하게 당부했다. 과도한 단속이 이해되는 건 아니었지만 작업실에 외부인이 드나드는 걸 들키면 시끄러워질 게 뻔했기에 나는 조심하고 또 조심했다.

영화 네가 나를 도와주면 내가 덜 힘들잖아.

고집을 부려 디자인을 전공하고도, 나는 직장을 구하려 애쓰지 않았다. 아무것도 하지 않고 시간을 보내는 내가 영주는 답답했을 것이다. 그래서 무언가를 가르쳐 일할 기회를 주려는, 혹은 내 소질을 계발시켜 의욕을 북돋워주려는 나름의 책임감이 영주를 부추겼을 것이다. 우린 똑같은 옷을 입고 똑같은 머리 모양을 했다. 그래야 누군가의 눈에 띄어도 의심을 받지 않을 거라고, 그럴 때면 반드시 자기인 척하라고 영주는 말했다. 그러니 내가 영주와 쌍둥이인 것을 감독이 알 리 없었다.

그럴지도 모르죠. 제가 영주라는 보장은 없으니까요.

나는 여유로운 척 미소를 지어 보였다.

그 뒤로도 몇 번 그는 의미를 알 수 없는 알쏭달쏭한 말을 불쑥 던지곤 했다. 뭔가 달라 보인다거나, 왠지 너 같지 않다거나 하는 말들이었는데 그게 정확하게 누구를 겨냥해서 하는 말인지 알 수 없었다. 그가 말을 하는 대상은 죽은 영주이기도 했고 더미 영주이기도 했으며 그의 앞에 서 있는 나, 새로운 영주이기도 했다. 그렇게 일 년의 세월이 흘렀다.

나는 적당히 굳은 영주의 음부를 엄지손가락으로 매만졌다. 굳어 모양을 갖춘 그것은 아기의 잠지처럼 탱탱하고 투명했다. 이십 대 후반 여자의 가랑이라고는 믿기지 않을 만큼. 누구에게나 그렇듯 영주에게도 그런 때가 있었을 것이다. 연분홍빛을 지닌 투명하고도 탱탱한 음부를 가졌던 시절 말이다.

물에서 건져 올린 영주의 음부는 너무나 참혹했다. 그렇게밖에는 표현할 수 없을 정도로 처참했다. 검붉은색 음부에 입을 박고 있는, 마치 종양 같았던 다슬기. 그것은 지워지지 않는, 외설스럽고도 괴이한 장면이었다. 붙어 있는 다슬기를 떼어냈지만, 영주의 음부는 내가 익히 알고 있던 것이 아니었다. 동그란 탈모 자국. 다슬기 때문이라고 생각했다. 영주는 눈을 부릅 뜨고 있었는데 눈꼬리가 약간 치켜 올라가 있어서인지 검은 눈동자가 아래로 치우쳐 흰자위가 번뜩거리는 것처럼 보였다. 게다가 왼쪽 입꼬리까지 치켜 올라가 있었기 때문에 그 모습은 웃는 것 같기도 했고 우는 것 같기도 했다. 속에서 부글부글 끓어오르는 분노를 담고 있는 얼굴이기도 했고 모든 것을 체념한 얼굴이기도 했다.

*

 영주와 함께 작업한, 더미를 세트장에 넘긴 날이었다. 영주는 포상으로 일주일 휴가를 받았지만 불안한 사람처럼 서성거리더니 밀린 잠이나 자야겠다고 했다. 일을 하고 있지 않을 때의 영주는 늘 그랬다. 안절부절못하다가 우울한 얼굴로 잠을 잤다. 영주는 집으로 가면서 허락 없이 작업실 근처에 얼쩡거려서는 안 된다며 못을 박았다.
 그즈음 나는 더미 만드는 일에 푹 빠져 있었고 영주 못지않은 솜씨가 있다고 자부했다. 그날은 친구를 만나러 간다고 영주를 따돌린 뒤 몰래 작업실에 남았다. 영주와 더미 한 구를 만드는 데 온전히 참여했다는 감각에 들떠 있었다. 자신감이 솟구쳤고 잘만 하면 영주를 앞설 수도 있겠다는 생각이 들었다.

자축이라도 하고 싶어 멜론 앱으로 들어갔다. **이 기분은 뭐야 어떡해.** 기분이 좋을 때 듣는 노래였는데 따라 부르는 것만으로도 몸이 리듬을 탔다. 세븐틴의 뮤직비디오를 떠올리며 발을 경쾌하게 움직였다. **아주 nice.** 발뿐만 아니라 두 팔을 구부려 얼굴 앞으로 가져갔다가 빼고 다시 얼굴 앞으로 가져가는 동작이 발의 리듬과 척척 맞아떨어졌다. **뭐 하나 물어볼 게 있어.** 내 목소리도 점점 커지고 있었다.

그때였다. 분장감독이 작업실 문을 열고 들어왔다. 흥에 겨워 춤을 추며 노래를 부르느라 비밀번호 누르는 소리를 듣지 못했다. 몇 번 인터넷이나 먼발치에서 본 적이 있었지만 직접 마주하는 건 처음이었다. 표정이 없는 얼굴은 언뜻 평범한 인상을 풍겼으나 자세히 보니 눈매가 날카로웠다. 그가 한참이나 나를 쳐다봤다. 나는 머릿속으로 온갖 경우의 수를 그려보았다. 영주 행세를 하며 감독을 유혹하는 내가 있었는데 그럴 때의 나는 그에게서 얻을 수 있는 건 무엇이든 가리지 않고 얻어내는 사람이었다. 또 다른 경우는 내가 영주의 쌍둥이 동생이라고 밝히는 것이었다. 그의 밑에서 영주와 경쟁하는 상상을 하고 있었지만, 머릿속과는 달리 자꾸 주먹 쥔 손에 힘이 들어갔다. 그가 나를 바라보는 그 짧은 순간, 나는 들켜서는 안 될 무언가를 들킨 사람처럼, 벌써부터 다가올 벌을 상상하며 조용히 떨고 있었다.

영주야!

그가 이름을 불렀다. 나는 숙였던 고개를 들고 그를 바라봤다.

우리 축배를 들어야지.

그는 들고 온 와인 병을 흔들었다.

학창 시절부터 사람들은 나를 영주로 착각하는 경우가 많았으나 이상하게도 그 반대는 없었다. 영주는 언제나 영주로 인식됐다. 그녀는 절대 나처럼 보이지 않는 모양이었다. 그게 나를 슬프게도, 화나게도 했다. 때로는 그것 때문에 내가 영주에게 더 의존하게 되는 게 아닌가 하는 생각도 했다. 그는 한 치의 망설임도 없이 싱크대 선반 깊숙이 들어 있는 와인 잔을 꺼내 왔다. 능숙한 손놀림이었다. 그가 와인을 따라 내게 건넸고, 나는 말 없이 와인을 비웠다. 아무 감정이 느껴지지 않는 그의 무표정한 얼굴이 마음에 들었다. 안경을 한 번 추어올린 그가 내 잔에 다시 와인을 따랐다.

이번에 넘긴 더미는 말이야, 지금까지 네가 만든 그 어떤 더미보다도 훌륭해. 뭐랄까, 거침이 없어졌다고 해야 할까. 당당한 자신감 같은 것이 느껴져.

그는 매우 만족한 듯 보였다.

영주야!

와인 한 병을 다 비운 그의 얼굴이 붉었다. 말이 점점 어눌해지고 있었으나 안경 너머로 꿰뚫듯 쳐다보는 눈초리는 여전히 매서웠다.

성공하고 싶니?

나를 뚫어질 듯 바라보던 그의 입가에 웃음이 번졌다.

이 바닥에선 능력만큼이나 중요한, 아니 그것보다 더 중요한 게 인맥이란 걸 알고 있겠지?

그의 동공이 풀려 있었다. 할 수만 있다면 그의 마음을 사로잡아 능력을 물려받고 싶었다.

고등학교를 졸업한 영주를 특수분장사가 될 수 있게 거두고 가르친 게 분장감독인 그였다. 그를 만난 건 행운이었다고, 그는 이 업계에서 커다란 영향력을 가진 사람이라고, 그러니 밉보이면 안 된다고 영주는 말한 적이 있었다.

영주야.

다시 그가 불렀다. 나는 잠시 망설였지만 금방 네, 하고 대답했다.

여엉주야, 여엉주우우야!

어눌한 발음으로 연속해서 이름을 부르며 그가 다가왔.

술에 취해 불콰해진 얼굴로 그는 망설임 없이 내 얼굴과 목덜미를 더듬었다. 조금 놀랐지만 나는 그의 손길을 거부하지 않았다.

스무 살 겨울의 일이 떠올랐다. 무슨 일인가로 우울해 있던 영주가 느닷없이 옷을 벗고 거울 앞에 서보자고 했다. 내 가랑이와 자신의 가랑이를 오래 번갈아 쳐다보던 영주는 우리는 이것마저도 닮았네, 하고 쓸쓸하게 말했다. 무슨 일이 있느냐고 물었으나 영주는 조용히 고개만 저었다. 그러더니 한참 만에 축 처진 목소리로, 우리가 거기까지 똑 닮았어도 말이야, 인생만큼은 각자 다르게 살았으면 좋겠어, 하고 말했다.

 집으로 갔던 영주가 휴대전화를 찾으러 돌아왔을 때, 감독이 작업실로 들어가고 있었다고 했다. 아무도 없으니 금방 갈 것이라 여겼으나 감독은 한참이 지나도록 밖으로 나오지 않았고 감독의 눈에 띄고 싶지 않았던 영주는 창을 들여다보았다고.
 친구를 만나러 간다던 네가 어떻게 여기 있을 수 있어. 내가 몇 번이나 말했잖아. 감독 눈에 띄면 절대 안 된다고. 대체 왜 내 말을 안 듣는 거야. 그가 몸에 손을 대면 무슨 핑계를 대서라도 빠져나왔어야지.
 감독이 떠난 작업실에서 영주는 입술을 파르르 떨며 목소리를 높였다.
 내가 고작 이런 꼴을 보려고 너에게 이 일을 가르친 줄 아니? 내가 이 바닥에서 살아남기 위해 어떤 수모를 견딘 줄 알기나 해?
 수모? 내 몸을 더듬는 손길이 너무나 자연스러워서 의아하긴 했지. 근데 그게 뭐? 이제 알겠네. 그 덕에 고졸인 네가 이만큼이나 올라올 수 있었던 거잖아.

그렇게 말하려던 것은 아니었다. 뭔가를 가르치려는 듯 내려다보는 시선에 나도 모르게 발끈해버렸다. 내가 영주를 희생시킨 가해자가 된 것만 같은 기분이 들어 불쾌했다. 영주는 내 말에 대답하지 않고 아랫입술을 깨문 채 부들부들 떨고만 있었다. 그러더니 무슨 말인가를 할 듯 잠시 입을 벙긋거리다 말고 작업실을 뛰쳐나갔다. 나는 영주의 휴대전화를 챙겨 들었다.

영주는 지면에 이어져 있는 바위 위에 서 있었다. 일이 잘 풀리지 않을 때나 무슨 일인가로 우울해 있을 때면 영주는 언제나 강으로 향했다. 그곳에서 해답을 얻기라도 하려는 듯. 일종의 관성 같은 것이었다. 햇볕에 몸을 달궈 열기를 품은 바위 아래로 물결이 출렁였다. 그 강은 수초가 많아 언제나 초콜릿 빛깔을 띠었고 그래서인지 음산하게 느껴졌다. 물결 따라 수초가 흔들렸다.

나도 감독님한테 직접 특수분장을 배우고 싶어.

강물을 내려다보고 있던 영주가 한숨을 내쉬며 그제야 뒤를 돌아봤다.

그걸 지금 말이라고 해?

낮은 목소리로 말하는 영주의 표정이 서늘했다.

왜, 너는 되고 나는 안 되는데?

화가 나 기분이 몹시 상하거나 궁지에 몰려 난처해지면 나는 언니나 영주라는 호칭 대신 너, 라고 지칭했다. 화를 내려던 것이 아니었다. 내 상황을 설명하고 이해시키려던 것이었다.
너는 언제나 너, 너만, 생각하지. 네가 어떻게 나한테, 이럴 수 있어.
영주의 말은 똑똑 부러지는 나뭇가지처럼 자꾸 끊어졌다.
내가 뭘? 나도 잘 나가는 특수분장사가 되고 싶다고. 네가 그랬잖아 나한테도 너 못지않은 소질이 있는 것 같다고. 아니 너보다 더 과감한 면이 있다고 그것이 부럽다고 했잖아. 지난 사 년 동안 네 일을 도우며 살았어. 이제 나도 스스로 일해보고 싶어.
네가 원한다면 다른 분장팀을 알아봐줄 수도 있어. 하지만 지금 이 감독 밑에서는 아니야.
무슨 일인가로 영주가 몹시 힘들어할 때였다. 너 정도 실력이면 다른 데로 옮겨도 되지 않느냐고 물었다. 다른 분장팀으로 가면 밑바닥부터 다시 시작해야 한다고, 게다가 지금 감독만큼 명성이 높은 사람을 만날 기회가 생기지 않을지도 모른다고 말한 사람은 다른 누구도 아닌 영주였다.
왜? 네가 독차지하고 싶은 건 아니고? 부탁인데, 너 제발 착한 척 나를 위하는 척 좀 하지 마. 역겨우니까.
고등학생이었을 때 유방암을 앓던 엄마가 세상을 떴다. 그리고 한 달도 지나지 않아 아빠 역시 신종플루로 갑작스럽게 우리 곁을 떠났다. 일 년이 넘도록 투병을 했던 엄마는 일찍 철이 든 영주에게 나를 부탁했고 영주는 내 보호자가 되기를 자처했다. 대학을 포기했고 생계를 책임졌다. 하지만 세상일이라는 게 누구 한 사람의 일방적 희생만으로 굴러가는 건 아니었다. 각자 제 몫의 희생을 치르는 것이다. 나는 징징거리는 영주가 짜증스러웠다. 결국 선택의 문제인 것이다. 누구에 의해서가 아니라 결국 선택은 스스로 하는 것이고 그러니 책임을 지든 감수를 하든 그건 자신의 몫일 수밖에 없었다.

뭐, 착한 척, 위하는 척이라고? 지금 나한테 역겹다고 그랬어? 그게 니가 나한테 할 소리야?

금방이라도 울음을 터트릴 것처럼, 아니 무언가가 속에서 폭발한 듯 영주는 소리를 질렀다. 제정신이 아닌 것 같았다. 그때 나는 가만히 영주의 말을 들었어야 했다. 왜, 나는 지금의 감독 밑에서 일하면 안 되느냐고 따지고 물을 게 아니라 영주를 다독이며 안심시켜야 했다. 니 자리 나한테 빼앗길까봐 겁나는 건 아니냐고. 그래서 네가 나를 위해 희생했다는 것을 미끼로 나를 옭아매려는 수작이라고. 닥치는 대로 말했던 것이 후회되었다. 부끄러운 마음에 앞서, 갈 데까지 가보자는 심정으로 나는 폭주했다.

너는 내가 이 일을 하면서 어떤 일을 겪었는지, 그래서 무엇을 견디고 있는지 알기나 하니? 겉으로 보이는 거랑 실제는…… 다를 수 있다고 내가 몇 번이나 말했잖아.

내 마음을 돌려보려는 듯 흥분이 가라앉은 낮은 어조로 영주가 말했다.

그래도 니 눈에는 내가 너를 시기해서 이러는 것으로 보여?

영주의 목소리는 다시 격앙되어 가늘게 찢어졌다. 무엇이 문제라는 것인지 그때는 짐작하지 못했다. 그저 내가 하려는 일을 못하게 막아서려는 것처럼 보였다. 내리쬐는 태양 빛 때문인지 감정을 추스르지 못해서인지 영주의 얼굴이 붉게 타오르고 있었다. 그 때문에 평소에는 잘 보이지 않는 눈썹 끝의 점이 훤히 드러났다.

기어코 넌 네 생각을 꺾지 않겠다는 거야? 내가 아무리 말려도.

니가 말린다고 내가 못할 건 없잖아. 너는 말이야 항상 네가 내 엄마라도 되는 것처럼 굴지만 너나 나나 우리는 동갑내기 쌍둥이일 뿐이야. 넌 내게 아무것도 아니야.

마음과 달리 자꾸 모질게 말이 나갔다.

내가 죽어도?

영주는 아랫입술을 깨물었다. 영주가 흥분할수록 점은 더 붉고 크게 도드라졌다.

협박하지 마. 그런다고 달라질 건 없으니까.

무게중심이 한쪽으로 조금만 쏠려도 바닥으로 내동댕이쳐지는 외줄 위에 선 곡예사처럼 아슬아슬한 불안이 켜켜이 쌓여 금방이라도 나락으로 떨어질 것 같았다.

자칫하다가는 그가 쳐놓은 덫에 걸리게 될 거야. 아무리 발버둥 쳐도 벗어날 수 없는 그물에 갇히는 거지. 손톱이 으스러져 피가 나도록 잡아채도 벗어날 수 없는 덫 말이야. 그래도, 그래도 괜찮아?

그늘 한 점 없는 바위는 뜨거웠고 초콜릿색 강물은 잔잔히 흘러갔다. 무슨 일이 일어날 것만 같은 무서운 적막이 주위를 에워쌌다. 비명을 들은 건 부신 햇빛에 현기증을 느끼고 있을 때였다. 정신을 차리고 보니 영주가 보이지 않았고 물결이 커다란 파문을 그리고 있었다. 나는 눈을 비볐다. 내가 보고 있는 것이 무엇인지 가늠이 되지 않았다. 그때 나는 무슨 생각을 하고 있었던가. 내 인생에 끼어들어 이것저것 간섭하려 드는 영주가 너무나 성가셨다. 영주가 없어지면 좋겠다는 생각을 잠시 했던 것 같다. 하지만, 그게 다였다.

잠수복을 입고 물속으로 들어간 구조대원들이 몇 차례나 교대했다. 그들은 영주를 찾아내지 못했다. 나는 석양에 물들어가는 강물을 바라보았다. 굽은 몸을 뒤틀며 흘러가는 강물은 언뜻언뜻 붉은 빛을 뿜어냈다. 물속으로 들어간 영주를 기다리는 일은 지루하고도 초조했다. 구조대원들은 날이 밝으면 다시 오겠다며 떠났다.

밤새 작업실 창가에 서서 강 쪽을 내다보았다. 은갈치처럼 비늘을 반짝이던 강물은 거기에 없었다. 강물은 이제 검은 덩어리로 이쪽 유리창 너머를 들여다보고 있었다. 새벽 네시가 지나니 검푸르던 하늘이 옅어지며 명암이 생기기 시작했다.

작업실 뒤쪽 산길로 일 킬로미터는 가야 사람들의 발길이 드문 강이 나왔다. 해가 뜨고 얼추 한 시간이 지나서야 구조대원들이 도착했다. 물살이 약해 멀리 가지 않았을 거라던 구조대원들은 점차로 수색 구역을 넓혔다. 강에 수초가 많아서 수색 작업이 더딜 수밖에 없다고 했다. 정말로 물에 빠지는 것을 봤어요? 장난이면 처벌받습니다. 구조대원들은 내게 몇 번이나 확인했다. 점점 뜨거워지고 있던 햇살을 견딜 수 없다는 생각을 하고 있을 때 물속으로 들어간 구조대원이 몸을 드러냈다. 그는 줄을 잡아당기라는 신호를 보냈다. 바위에서 지켜보고 있던 다른 대원 둘이 줄을 잡아당기기 시작했다. 물속에 있던 구조대원이 바위 위로 올랐다. 다른 두 대원은 계속해서 줄을 잡아당겼다. 쿨렁쿨렁. 하수구에 물이 내려갈 때처럼 강이 출렁거렸다. 그리고 줄에 묶인 시신 한 구가 딸려 올라왔다.

물풀이 그려진 진초록색 원피스는 하루 사이에 너덜너덜해졌다. 다슬기 몇 마리가 꿀을 따 먹는 벌처럼 물풀에 입을 박고 있었다. 영주는 퉁퉁 불어 다른 사람 같은 얼굴을 하고 누워 나를 보았다. 팬티가 사라져 음부가 훤히 보였다. 퉁퉁 불어서인지 그것은 주먹만큼이나 컸는데 치골에 도장을 찍은 것처럼 원형탈모가 되어 있었다. 나는 구조대원들이 수군거리는 소리를 들었다. 영주가 미역처럼 생긴 말즘에 발목이 감긴 채로 꼿꼿이 서 있었는데 물살에 흔들리고 있는 모습이 꼭 수초처럼 보였다고. 그래서 찾아내는 데 시간이 걸렸다고.

  영주가 죽은 뒤로 자주 물가에 서 있는 꿈을 꾸었다. 물속에 말풀과 말즘이 가득 피어 있었다. 물결을 따라 풀들이 일렁거렸다. 나는 그것들을 잡아챌 요량으로 물속으로 들어가 손을 내밀고 힘껏 잡아당겼다. 내 손에는 물풀이 아니라 머리카락이 한 움큼 잡혀 있었다. 물속을 들여다보았다. 죽은 엄마나 아빠 혹은 영주가 나를 올려다보았다. 어떤 날은 분장감독이, 또 어떤 날은 내가 전혀 알지 못하는 사람들이, 말풀과 말즘 속에 서 있었다. 나는 손에 잡힌 머리카락을 어쩌지 못해서 소리를 질렀다. 그러다가 다시 물속을 들여다보면 말풀이나 말즘이라고 생각했던 수초는 다름 아닌 주검들의 검은 머리카락이었다. 수많은 주검의 머리카락이 다른 주검의 발목을 감고 물살에 흔들리고 있었다.

*

 짓이긴 봉숭아 꽃물에 커피 가루를 섞어 소음순이 될 부분을 주물러 늘어뜨렸다. 언뜻 보니 꾸깃꾸깃 접힌 종이배 같았다. 음모가 없는 매끄러운 음부 위에 떠 있는 그 종이배는 어딘지 모르게 외설적으로 보였다. 잠시 눈을 감았다. 물속에서 출렁이고 있는 음부가 떠올랐다. 음부는 커다란 입이 되었다. 접힌 종이배 같은 혀가 영주야, 하고 나를 불렀다. 나는 놀라 입술을 응시했다. 입술이 다시 영주야, 하고 불렀다. 너는 장영주, 나는 장영화. 그렇게 말하는 입술은 평온해 보였다. 나는 감았던 눈을 떴다. 그러고는 봉숭아 꽃물을 묻힌 거즈를 불두덩에 올렸다. 이제 그곳은 비바람을 견디며 망망대해에 홀로 떠 있는, 때에 찌든 종이배처럼 보였다.
 영주의 음부가 물드는 동안, 나는 의식을 치르듯 팬티를 벗고 불빛 아래 섰다. 그리고 손바닥만 한 흰색의 접시를 작업대에 올렸다. 영주에게 내 음모를 심어주어야 비로소 내가 영주가 되고 죽은 영주는 영화가 될 수 있을 것만 같았다. 윤기 나는 굵은 음모가 빽빽이 서서 물결치듯 구불거렸다. 집게를 모근에 바짝 들이대고 힘을 모았다. 오싹한 소름이 끼쳤다. 짧고 강하게 힘을 주어야만 모근까지 뽑을 수 있다. 짜릿한 느낌이 음부를 휘감아 돌 때 힘을 주었다. 뽑힌 모근은 젤리처럼 투명했으며 끈적거렸다. 흰색 접시에 담긴 음모는 뿌리를 내리고 있는 수초처럼 곧추서서 하늘거렸다.

나는 더미의 불두덩에 올려두었던 거즈를 떼어냈다. 얼룩덜룩, 색깔이 고르지 않지만 그래서 오히려 더 진짜 같았다. 침에 음모를 끼웠다. 이제 더미의 대음순에 심기만 하면 될 것이었다. 음모를 끼운 침을 피부에 꽂고 모근만 살갗에 남겨둔 채 침을 빼들었다. 한 땀 한 땀. 그렇게 더미의 불두덩이 만들어졌다. 영주의 음부가 점점 모양을 갖춰갔다. 음부가 완성될 때까지 바느질하듯 침을 들었다가 놓았다. 이제 막 뿌리를 내린 음모가 창문을 타고 넘어온 바람에 흔들렸다. 마치 물속에서 일렁이고 있는 수초나 익사체의 머리카락처럼.

익숙한 냄새에 뒤를 돌아보니 언제 온 것인지 그가 서 있었다. 하필 이 시간에 그가 들어서는 게 마땅찮았다.

내가 보면 안 되는 거라도 있나?

그는 더미 영주에게 다가서며 물었다. 그를 막아섰다. 영주의 음부를 그에게 보여주고 싶지 않았다. 그가 어깨 너머로 영주를 훑어 내렸다. 가늘어진 눈매가, 그 속에서 빛을 내고 있는 갈색 눈동자의 인광이, 안경 너머로 보였다. 잠시 후 그가 나와 더미 영주를 번갈아 보며 클클클, 낮은 소리로 웃더니 영주 같지 않아, 하고 말했다.

무, 무슨 말씀이세요?

나는 떨리는 손으로 눈썹 끝을 매만졌다. 도도록이 튀어나온 점이 느껴졌다.

궁금한 건가, 아니면 발뺌을 하고 싶은 건가?

그가 담배를 꺼내 입에 물고 피식 웃음을 흘리며 영주의 음부를 뚫어질 듯 들여다보았다. 갈색 눈동자가 괄약근처럼 오므라들었다가 펴지며 얼굴에서 표정이 살아났다. 불을 붙인 담배를 깊게 빨아들였다가 내뱉고 다시 빨아들였다. 검지와 중지 사이에 끼인 담배가 손가락에 닿을 듯이 짧아지는 동안 연기가 작업실을 가득 채웠다. 그는 후, 하고 마지막 숨을 토하듯 연기를 뱉더니 담배꽁초를 음부에 대고 꾹 눌렀다.

뭐하는 짓이에요?

나는 그의 손을 쳐냈다. 단백질 타는 냄새가 났다.

영주라면 이래야 하지.

음부에는 동그란 담뱃불 자국이 도장처럼 찍혔다. 퍼뜩 정신이 들었다. 물에서 건진 영주의 음부에 나 있던 동그란 탈모 자국, 우울증, 안절부절 못하고 강으로 달려가던 일이나 자신이 무엇을 견디고 있는지 아느냐고 묻던 모습까지. 머릿속에서 온갖 그림이 사납게 얽혔다가 사라졌고 다시 얽혔다가 사라졌다.

언제부터예요?

나는 휴대폰 녹음 버튼을 누르며 물었다.

니가 영주가 아니라는 걸 언제부터 알았냐고 묻는 것이냐?

안경 너머로 크게 뜬 그의 눈이 보였다.

제가 영주가 아니라니요. 무슨 근거로 그런 말씀을 하시는 거죠?

근거라…… 그것 때문에 꽤 오랫동안 내가 속고 있었지. 영주에게 쌍둥이 동생이 있다는 것을 나는 몰랐으니까.

제 동생은 죽었어요.

죽었더구나. 최근에 알게 되었지. 그제서야 그림이 그려진 거고. 근데 아직도 의문이 풀리지 않는 게 있어. 이 일이 말이야 흉내 낼 수 있는 일은 아니니까. 아무리 생각해도 그걸 풀 수가 없어 의심했다가도 거두어들이곤 했지.

그래서 저한테 더미의 삶을 만들라고 하신 거군요. 작은 것 하나라도 허투루 하지 말라는 말은 핑계고 말이에요.

핑계라는 말은 서운한데. 작은 것 하나라도 허투루 하지 말라는 말은 핑계가 아니라 내 신념이지. 마침 네가 더미의 그것을 만들지 않았고 그건 너를 시험할 수 있는 좋은 기회였을 뿐이야.

그는 다시 담배에 불을 붙이고 볼이 홀쭉해지도록 숨을 들이마신 뒤 길게 내뱉었다. 너울거리는 담배 연기가 물결 속에서 흔들리는 수초 같았다. 석양이 창을 타고 넘어 들어왔다. 햇살을 빨아들인 영주 얼굴에 생기가 돌기 시작했다.

물가에 가면 수초를 조심해야 해. 익사한 주검들은 수초 속에 꼿꼿이 발을 디디고 서 있다잖아.

수초 속에 발을 디디고 선 영주가 내게 속삭였다. 손의 떨림이 멈추었고, 자갈이 채워진 듯 답답하던 목구멍에 숨구멍이 트였다. 녹아내릴 것처럼 타오르던 마음이 차갑게 식으며 단단하게 여물고 있었다.

이제부터 시작이었다. 앞으로 나아가야 한다는 것, 그것만이 명료하게 남아 머릿속을 맴돌았다. 나는 그의 뻘처럼 질척이며 번들거리는 두 눈을 뜨겁게 응시했다. 마주친 눈빛이 뒤섞이다 하나가 되었을 때 나는 천천히 이를 드러내며 소리 없이 웃었다. 어쩌면 그를 옭아맬 수도 있을 것 같았다.

감독님이 제 몸에 남긴 담뱃불 자국에 대해 말씀하고 싶으신 건가요?

그의 얼굴에서 서서히 웃음이 사라지고 있었다. 잠깐의 침묵이 흐른 뒤 그가 입을 열었다.

네가 그 담뱃불 자국에 대해 방금 알았다는 걸 나는 안다.

잠시 굳었던 그의 표정이 다시 풀리며, 미묘한 웃음이 번졌다.

제가 진짜 영주가 아니라고 쳐요. 그렇다고 감독님이 하신 그 짓이 없어지는 건 아니잖아요. 제가 영주가 아니라면 그럼 죽은 사람이 영주라는 말인데 그럼 영주는 왜 죽었을까요?

나 때문에 죽었다는 말이 하고 싶은 게냐. 내가 거기를 담뱃불로 지져서. 그래서 죽었다고?

　감독님이 그런 짓을 안 했다면 지금 감독님 앞에 서 있는 사람은 영주겠지요. 죽지 않았을 테니까요. 그래도 감독님 앞에 있는 제가 영주가 아닌가요?

　나는 그 말을 하며 등 뒤에 있는 휴대폰을 흘깃 보았다. 녹색 불이 들어와 있었다. 그는 혼란스러워 보였다. 무슨 대답을 해야 할지 망설이는 눈치였다.

　감독님, 제가 누군가요?

　다시 물었다.

　영주, 너는 영주가 아니냐.

　나를 물끄러미 쳐다보던 그가 대답했다.

　영주야, 보고 있니? 어릴 때부터, 사람들은 네가 나보다 영특하다고 말했지. 언니는 역시 다르다고. 영화는 영주를 도저히 따라갈 수 없다고. 근데 이제 아니야. 더미 만드는 실력도 내가 더 월등해. 그가 말했거든. 예전의 영주에게서 부족했던 과감함이 지금의 내게는 있다고 말이야. 영주 너는 그에게 짓밟히고 사라졌지만 나는 절대 그렇게 안 당해. 내가 어떡하는지 두고 봐.

　나는 녹음 종료 버튼을 눌렀다.

　좋아요. 영주죠, 저는. 당연히.

　감독을 향해 말하며 엷게 웃었다.

선을 지키는 일

드물게 자신감으로 충만할 때가 있다. 잘 아는 분야에 대한 질문을 받게 되거나 평소 장점이라고 여기는 부분을 발휘할 기회를 얻었을 때, 혹은 결점이라고 생각했던 부분을 완벽하게 지웠다고 느꼈을 때가 그렇다.

그날 역시 뜸하게 찾아오는 그런 날 중의 하나였다. 나는 검정 블라우스 위에 푸른색 실크 스카프를 두르고 거울을 봤다. 어깨까지 오는 블루블랙 염색모와 잘 어울렸다. 퇴근하고 집으로 온 진규가 누나 머리 잘랐어? 하고 다그치듯 물었다.

─여보, 오늘은 크리스마스이브예요. 제게 다정하게 대해주세요. 머리카락은 당신을 위해 팔았어요.

내가 눈을 찡긋해 보이자 진규가 머리카락을 잘라 마련한 선물을 달라고 졸랐다. 나는 잠깐 망설이다 방으로 가서 상자를 들고 나와 진규의 손 위에 올려주었다.
—서, 설마, 시곗줄은 아니겠지요?
 상자를 풀며 진규가 과장되게 말을 더듬었다. 그는 상자에서 버건디색 머플러를 꺼내 목에 둘렀다. 잘 어울렸다. 나는 검정색 롱코트를 걸치고 검정색 롱부츠까지 갖춰 신고 다시 현관 거울을 봤다. 머리를 잘라서인지 내 나이보다 다섯 살 이상은 어려 보였다.
—유라 씨네도 가는 거지?
 현관문을 나서며 내가 물었다.
—한 차로 가면 좋은데, 조금 늦는다네.
 진규의 목소리에서 아쉬움이 묻어났다. 진규는 오래전부터 고등학교 친구 몇몇과 모임을 하고 있었다. 이번 크리스마스 파티에 유라 씨네도 초대받았다. 유라 씨 남편 정민은 진규의 고등학교 친구이다. 친한 사이가 아니어서 고등학교를 졸업한 뒤 따로 연락한 적이 없던 진규와 정민은 유라 씨네가 이사 오고 거의 한 달이나 지나서야 인사를 나누게 되었다. 우리가 1002호 유라 씨네가 1003호. 고등학교 동창과 옆집에 살게 되는 경우는 흔한 일이 아니다. 진규는 정민과 마음을 터놓고 지내는 것 같지는 않았으나 유라 씨에게는 퍽이나 좋은 인상을 받은 듯했다.
 송이 씨네로 향하는 내내 짓다 만 아파트 건물들 위로 서 있는 크레인이 눈에 띄었다. 목적지가 가까워오자 알록달록 반짝이는 불빛들이 눈길을 사로잡기 시작했다. 나는 창틈으로 새어드는 캐럴을 따라 흥얼거렸다. 주말 저녁이었다. 정확히 말하면 크리스마스이브였고, 크리스마스 파티를 하자는 것이어서 살짝 흥분이 되기도 했다.
 ─누나 오늘 기분 아주 좋아 보이는데?
 진규는 자주 누나라는 호칭으로 나를 불렀다.
 ─말조심해. 친구들 앞에서 그렇게 부르지 말고.
 진규를 흘겨봤다. 결혼 전 연애할 때부터 누나, 라고 부르지 말라고 했는데도 진규는 좀처럼 호칭을 바꾸지 못했다. 몇 번 주의를 듣고서 많이 줄긴 했으나 어느 순간에는 불쑥 누나라고 불러 나를 당황하게 했다.
 시어른들은 진규가 내게 누나라고 호칭하는 것을 좋아하지 않았다. 진규와 결혼 얘기가 오갈 때도 내 나이가 진규보다 많은 것을 문제 삼았다. 게다가 진규 친구들의 와이프인 유라 씨나 송이 씨 그리고 이준의 여자 친구인 지유 씨까지 모두 진규보다 어렸다. 나는 그들 틈에서 가장 나이가 많은 사람이었고 그것이 나를 주눅 들게 했다.
 ─누나가 머리카락을 잘랐다 해도 당신을 향한 내 마음을 바

꿀 수는 없을 거요. 자 이 상자를 풀어봐요.

차가 신호를 받고 멈춘 틈을 타 진규가 리본이 달린 상자를 내밀며 장난스럽게 말했다. 상자에는 명품 로고가 박힌 은색의 스카프 링이 들어있었다.

―머리를 잘랐으니 보석이 달린 머리핀 세트는 필요치 않을 것 같아서 스카프 링으로 준비했어. 지금 매고 있는 스카프에 하면 예쁠 거야.

진규는 머리칼을 자른 것을 두고 짓궂게 놀리고 있었다. 나는 목에 두르고 있던 스카프를 링에 끼웠다. 같은 브랜드의 스카프와 링은 처음부터 한 쌍이었던 것처럼 조화로웠다. 마음에 들었다. 콧노래가 절로 나왔다.

송이 씨가 살고 있다는 노을마을이 보이기 시작했을 때는 이름 그대로 노을이 지고 있는 광경을 고스란히 볼 수 있었다. 호수와 맞닿은 하늘은 주홍빛으로 물들었으나 아직 입주하지 않은 집들이 많아 아파트는 군데군데 검은 구멍이 난 것처럼 보였다. 인터폰을 누르며 복도 창밖을 내다보았다. 그새 내려앉은 어둠으로 창밖 풍경은 거무스름한 덩어리로 다가왔다. 거울이 되어버린 창에 내 모습이 비쳤다. 집을 나설 때의 자신감이 고스란히 되살아났다. 그때였다. 오셨어요? 하는 목소리에 돌아보니 송이 씨가 아니라 유라 씨가 주인장처럼 현관문 앞에 서서 우리를 반겼다. 예의 그 애교가 섞인 밝은 목소리로 환하게 웃고 있는 유라 씨는 검정 블라우스에 푸른 빛깔의 실크 스카프를 하고 있었다. 내 목에 두른 것과 같은 브랜드의 똑같은 제품이었다.

　—늦는다고 안 했어?

　나는 날 선 목소리로 물었다. 진규가 나를 쳐다보며 손을 잡아끄는 사이 어쩌다 보니 일찍 오게 되었어요, 하고 유라 씨가 대수롭지 않게 대답했다. 기분이 순식간에 나빠졌다. 나는 감정을 티 내지 않으려고 억지로 입꼬리를 살짝 올리고 현관에 발을 들여놓았다. 송이 씨가 인사를 하고는 나와 유라 씨를 훑어 내렸다.

　—언니랑 유라 씨랑 똑같은 스카프에 똑같은 블라우스를 입고. 저만 빼고 두 사람이 맞춰 입고 온 거는 아니죠? 언니와 유라 씨가 한 아파트 산다는 건 알았는데 취향까지 똑같은 줄은 몰랐어요.

　송이 씨가 장난스럽게 말했으나 자신감은 유라 씨를 보는 순간 이미 사라졌다. 나는 흘끔흘끔 다른 사람들을 곁눈질하며 자리에 앉았다.

　배달 음식이 한 상 가득 차려져 있었다. 양장피 해물누룽지 고추잡채 족발과 쟁반국수 치킨 피자 샐러드. 여덟 명이 먹기에는 많은 양이었다. 뭘 좋아할지 모르겠어서요. 송이 씨는 교자상에 음식들을 늘어놓으며 말했다.

―이준 씨는요?

 가져온 요리오 세 병을 송이 씨에게 건네며 물었다. 송이 씨가 쭈뼛거리더니 작은 목소리로 이준 씨는 오늘 오지 못한다고 했다.

―글쎄, 오늘 인사시키기로 한 그 여친께서 갑자기 아프시다네요. 언니 오시기 바로 전에 연락을 했더라니까요.

 미리 연락을 하지 않아 음식이 남게 생겼다며 송이 씨는 볼멘소리를 했다. 조금 김이 새긴 했지만 유라 씨를 보니 다행이라는 마음도 없지 않았다. 처음 소개받는 사람 앞에서 같은 옷차림을 한 유라 씨와 비교당할 것을 생각하니 아찔했다.

 송이 씨 남편 주완이 와인을 내왔다. 내가 준비해 온 것과 같은 것이었다.

―요리오네요.

 뭔가 일이 꼬이는 느낌이었다.

*

 나는 지금 이웃의 그녀와 마주 앉아 있다. 그러니까 그녀는 유라 씨네가 가고 이사 온 새 이웃이다. 동갑인 이웃의 그녀와 나는 똑같은 옷을 입고 마주 앉아 오디오에서 흘러나오는 캐럴을 들으며 만찬을 즐기고 있다.

눈이라도 내릴 것 같은 흐릿한 날이다. 식탁에는 미리 셋팅해 놓은 양초 캔들의 불꽃 심지가 일렁이며 옅은 그림자를 만들어 낸다. 오늘의 주 요리는 스테이크가 들어간 까르보나라다. 곁들임 음식으로는 연어샐러드가 있고 비트로 물들인 무 피클과 초록색의 오이 피클이 크리스마스 장식품처럼 세팅되어 있다.

그녀는 잔을 흔들어 와인 향을 음미한다. 파스타를 한 입 먹고 와인으로 조금 입을 축인다. 그녀에게 '요리오'를 좋아한다고 말한 적이 있다. 무심코 던진 말이었으나 그녀는 흘려듣지 않고 병에 빨간색 리본을 단 요리오를 들고 와 오늘은 크리스마스이브니까 트리가 콘셉트야, 했다. 올리브색 원피스를 입고 생기발랄하게 웃고 있는 그녀는 상큼한 라임 같다.

"자기는 영양사라 그런지 요리를 잘해."

그녀는 스테이크가 들어간 까르보나라를 포크로 돌돌 말아 입에 넣는다.

"이거, 출생지가 어딘지 알아?"

나는 요리오를 가리키며 묻는다. 그녀는 대답 대신 요리오를 마시며 내가 만든 파스타와 연어샐러드를 연신 집어 먹는다. 파스타를 한 입 먹고 요리오를 한 모금 홀짝거리고 샐러드를 한 입 먹고 요리오를 한 모금 마시는 식이다. 자연스럽게 흘러내리는 물결 펌 단발머리를 한 그녀의 입술은 적갈색으로 물들어 있다.

"이탈리아 아부르초 지방에서 생산된 거래."

나는 스스로 묻고 답한다.

"학교 다닐 때 장화 모양의 지도라고 배웠잖아. 발목 위, 장딴지 근육 바로 아래쯤이 아부르초 지방이야."

내 말에 그녀가 키득거린다.

"장딴지 근육이라니. 이거 너무 디테일한 거 아냐."

그녀가 손까지 내젓는다. 나도 그녀를 따라 웃는다.

"근데 어딜 봐서 장화 모양이지? 이렇게 굽이 높은 장화가 있나? 내 눈에는 중세 귀족들이 신고 다니던 부츠 같은데 말이야."

그런 거 같다며 그녀가 맞장구친다.

"그러니까 자기는 작년 크리스마스이브에도 요리오를 마셨다는 말이네. 그 얘기 계속해봐. 근데 어느 지점에서 화가 났나? 유라 씨가 자기보다 먼저 송이 씨네 가 있던 거? 똑같은 스카프를 매고 있던 거? 그것도 아니라면 자기랑 같이 요리오를 선물로 사 들고 간 거?"

그녀는 정말로 궁금하다는 듯 고개를 갸우뚱거린다. 의문을 풀려면 그 이전의 일들부터 이야기해야 할 것 같다.

"작년 시아버님 생신날 유라 씨가 우리 집 초인종을 눌렀어."

특별한 일은 아니었으나 뜬금없는 방문이었다. 유라 씨는 시간이 날 때마다 우리 집 초인종을 눌렀고 나는 유라 씨와 시시콜콜한 이야기를 나누고는 했다. 옆집에 사는 유라 씨는 나와 친해지고 싶어 했고 나도 그런 유라 씨를 밀어낼 이유가 없었다. 하지만 그날은 달랐다. 시부모님이 오신다는 걸 알고 있을 텐데, 불쑥 방문한 유라 씨가 불편했다.

내가 근무하는 초등학교 점심 급식이 끝나고 뒷정리를 하고 있을 때 유라 씨로부터 오후에 집으로 놀러 오겠다는 카톡 메시지가 왔다. 시부 생신이라 외식을 하고 나서 시어른들이 우리 집을 방문할 예정이라고 했다. 아쉬워하는 이모티콘과 함께 어젯밤 미리 케이크까지 사다 냉장고에 넣어뒀다는 카톡을 보냈다. 그랬기에 나는 현관문 앞에 서 있는 유라 씨를 보며 대뜸 무슨 일이냐고 물었다.

―어른들께 인사드리고 싶어서요.

유라 씨는 생글생글 웃는 얼굴로 집 안에 발을 들여놓았다. 유라 씨를 본 진규가 반색하며 고등학교 동창 정민의 아내라고 소개했다. 시부모의 시선이 유라 씨에게 쏠렸다. 유라 씨는 톤이 높은 목소리로 아버님 생신 축하드려요, 말하고는 케이크 상자를 내밀었다. 특유의 상냥함과 붙임성이 느껴졌다. 시어머니가 자리를 마련해주었고 진규도 기분이 좋은지 유라 씨를 보며 크게 고개를 끄덕였다. 유라 씨는 자신이 사 온 고구마케이크에 초를 꽂으며 아직 촛불 안 끄셨죠? 하고 물었다. 몇 살인데 이렇게 앳되고 예쁘냐며 시어머니가 사랑스러워 죽겠다는 표정으로 유라 씨를 보았다. 초에 불이 붙자 유라 씨가 생일 축

하합니다, 하고 선창을 했다. 나는 그 틈에 끼어 앉아 어색하게 손뼉을 치며 노래를 따라 불렀다. 내가 아니라 유라 씨가 집주인 같았다. 노래가 끝나자 시아버지가 촛불을 껐다. 이상하게 그 촛불과 함께 내 기분도 확 꺼져버린 것 같았다. 뭔가 깜깜했고 그래서 답답했다.

시부모와 유라 씨가 가고 진규만 남게 되었을 때 유라 씨의 오늘 행동은 좀 지나쳤다며 불평을 늘어놓았다. 진규는 귀찮다는 표정으로 뭐가 문젠데? 했다. 마치 예민하게 굴지 마, 하고 말하는 것 같았다. 이런 날 집에 불쑥 찾아오는 것이 문제라는 내 말에 그럴 수도 있지 않느냐고, 부모님이 좋아하시지 않았느냐고 진규가 대꾸했다.

―내가 사다 놓았다고 했는데도 굳이 케이크를 사 들고 오는 그 심보는?

나는 날카로워지고 있는 감정을 감추기라도 하려는 듯 얼른 냉장고로 가 케이크를 꺼내 진규에게 보여주었다. 더 말하지 않아도 내가 얼마나 당황스러웠을지 충분히 짐작할 수 있을 것이라고 생각했다.

―그게 뭐? 그리고 누나가 뭘 잘 모르는 것 같아서 하는 말인데 우리 엄마 아빠는 생크림케이크보다 유라 씨가 사 온 고구마케이크를 더 좋아해.

진규는 내 눈치를 슬쩍 살피기는 했지만 나를 이해하기는커녕 비난하고 있다는 느낌을 지울 수 없었다. 그래서 유라 씨와 주고받은 카톡 문자를 진규에게 보여주었다.
—깜빡했을 수도 있잖아. 그런 것도 이해 못해? 얼추 열 살이나 많으면 왕언니뻘인데.
그런 거였니? 엉망이 된 내 기분 따위는 무시하고, 어른이니까 나이가 많으니까 참으라고? 그게 어디 깜빡할 일인가. 내가 예민하고 까칠하다고? 이게 네 일이라고 생각해봐. 정말 그렇게 말할 수 있는지. 누르려고 애쓰는데도 자꾸 감정이 삐져나왔다.
그때부터였을 것이다. 유라 씨를 다른 사람과 함께 있는 자리에서 만나는 게 꺼려졌다.

*

"이상하게 자기를 보고 있으면 유라 씨가 생각나."
그녀는 이해한다는 표정으로 고개를 끄덕인다.
"그럴 테지. 그이가 살던 집에 내가 살고 있으니까."
지난 월요일은 결혼 후 두번째로 맞는 시아버지 생신이었다. 쇼핑을 가자는 그녀에게 시부 생신임을 알렸다. 이튿날 그녀는 혼자서 쇼핑을 다녀왔다며 내게 선물 상자를 내밀었다. 상자에는 올리브색 니트 원피스가 얌전하게 개켜져 있었다. 어제 수고했어. 이건 내가 자기에게 주는 크리스마스 선물. 내 거랑 같은 걸로 샀으니까 크리스마스이브에 우리 이거 입고 파티해. 그녀가 다정한 목소리로 말했다. 진규도 알아주지 않는 노고를 그녀가 치하하니 조금 쑥스러우면서도 기뻤다. 나는 그녀의 그런 세심한 배려를 좋아한다. 친밀하되 적당한 거리감을 유지하는 그녀에게 믿음이 생긴다.

나는 와인을 한 모금 삼킨다. 술기운이 돈다. 그래서인지 평소에는 별로 하지 않던 얘기를 술술 풀어놓고 있다. 어쩌면 그녀에 대한 믿음이 입을 열게 하는지도 모르겠다.

"유라 씨가 말백 한 병을 들고 집으로 찾아온 적이 있어."

시아버지 생일 다음날 나는 전화를 걸어 유라 씨 때문에 망쳐버린 기분에 대해 말했다. 케이크 사다 놓았다는 내 말을 깜빡했다고 유라 씨는 변명했다. 나한테 잘 보이고 싶은 마음이 커서 그만 실수를 하였노라고. 말의 앞뒤가 맞지 않음은 차치하고서라도 유라 씨 말을 곧이곧대로 믿는다고 해도 문제였다. 자신의 기분이 우선인 사람, 남의 입장 같은 건 안중에도 없는 사람이라는 뜻이었으니까. 나는 여전히 유라 씨 보기가 껄끄러웠고 유라 씨 역시 마찬가지일 것이라고 여겼다. 그러니 이렇게 찾아온 유라 씨가 이해되지 않았다. 나는 시큰둥하게 유라 씨를 맞았다. 언니 와인 좋아하시잖아요. 충분히 친절하고 다정한, 유라 씨 특유의 애교 섞인 어투를 듣고서도 경계심은 쉽게 풀리지 않았다. 유라 씨는 턱밑까지 얼굴을 들이대며 언니 제가 잘못했어요, 하고 장난스럽게 말했다. 나는 그만 풋, 하고 웃었다. 어, 웃었다. 언니 용서해주는 거예요? 보조개가 들어가도록 환하게 웃으며 내 팔짱을 끼는 유라 씨를 보니 언제 그랬나 싶게 경계했던 마음이 스르르 녹아버렸다.

유라 씨가 사 온 와인을 나눠 마셨다. 한 병을 다 마시고 났을 때 유라 씨 옷에 얼룩덜룩한 와인 자국이 나 있는 걸 발견했다.

―우리 한 병 더 할까? 송이 씨네 집들이 선물 준비하면서 몇 병 더 사다 놓은 거 있는데.

고까웠던 마음이 풀렸다. 나는 선심을 쓰듯 보관해둔 요리오 한 병을 꺼내 따라주었다. 요리오를 마신 유라 씨는 자신의 입맛에는 말백이 더 낫다고 했다.

―근데 언니 이번 결혼기념일 선물로 뭘 받았어요?

유라 씨가 물었다. 나는 잠깐 망설였다. 하지만 생글생글 웃고 있는 유라 씨의 얼굴을 보고는 스카프를 꺼내 보여주었다. 예쁘다. 유라 씨는 스카프를 목에 두르고는 거울 앞에 섰다. 볼이 통통하고 하얀 피부의 유라 씨를 돋보이게 했다. 그것을 아는지 유라 씨는 거울을 보며 흐뭇한 표정을 짓고 있었다. 송이 씨네 갈 때 하려고. 내 말에 유라 씨는 어떤 옷을 입고 갈 것이냐고 물었고 나는 작년에 장만한 검정 블라우스를 꺼내와 스카

선을 지키는 일

프와 함께 코디해서 보여주었다. 유라 씨는 내 안목을 칭찬했고 나는 괜히 으쓱해졌다.

"왜 그랬는지는 생각해본 적 있어?"
내 눈을 똑바로 주시하며 묻는 그녀의 볼이 발그레하다.
"글쎄? 나를 좋아해서 따라 했다고 고백한 적은 있지만……"
내 말에 그녀가 빙그레 웃는다. 상대에 대한 배려가 깃든 웃음이다.
"예전에 나도 그런 적이 있었어."
그녀가 말한다. 그런 적? 나는 그녀가 하는 말의 의미를 알아채지 못해 물끄러미 쳐다본다.
"결혼 전이었어. 아마도 유라 씨와 비슷한 나이였을 거야."
그녀는 전문대학을 졸업하고 여행사에 취직했다. 첫 직장 생활이라 힘은 들어도 일은 재미있었다. 그녀의 업무는 주로 대마도 여행 상품을 개발하는 일이었다. 그때가 막 대마도 붐이 일기 시작하던 때였다. 여행지에 가서 사람들이 좋아할 만한 데를 찾고 숙소를 잡고 동선을 체크하고 시간을 재어보는 일이었다. 그녀는 함께 일하는 동료들이 좋았다. 말이 동료지 사실은 그녀보다 먼저 입사한 선배들이었다. 그녀는 선배가 봤다는 영화를 보고 선배가 먹었다는 음식을 먹었고 선배가 다닌다는 미용실을 다녔다. 그날은 점심을 함께 먹고 퇴근을 하고는 다시 뭉쳐서 술을 마셨다. 그날 술자리에서 선배는 자신이 만나고 있는 애인과 헤어져야 할지 말지를 고민했다. 부쩍 감정이 어긋나는 것 같다고 선배는 말했다. 우리는 안타까움을 금치 못했다. 언젠가 동료들과 함께 모인 술자리에 선배는 애인을 불러냈고 우리는 모두 그의 훈훈한 외모뿐 아니라 선배를 챙기는 다정다감한 면모를 무척 부러워했던 터여서 더욱 그랬다.

술에 취한 선배가 화장실에 간 사이 동료들은 선배의 애인을 흉보기 시작했다. 나쁜 새끼니 변심을 했느니 마느니 하면서. 그러다 결국에는 선배의 흉까지 보았다. 남자 하나 제대로 간수하지 못해서 저런다고. 더 듣고 있을 수가 없어 그녀가 불쑥 말했다. 선배의 애인은 좋은 사람 같더라고. 사람들이 동그랗게 눈을 뜨고 어떻게 아느냐고 물었고 그녀는 얼마 전 선배를 찾아온 그를 우연히 만났다고 말했다. 그는 선배가 출장 간 줄 모르고 회사로 찾아왔다가 허탕을 치고 돌아가는 길이었다. 그녀가 보기에 그는 선배와의 사이에 생긴 틈을 메꾸기 위해 몹시 애쓰는 것처럼 보였다. 선한 사람이었고 얼마나 선배를 생각하는지 느껴졌다.

"그런데 그게 문제가 된 거야. 내 의도와 상관없이 나는 선배의 애인을 몰래 만난 나쁜 사람이 되어 있었어. 그래서 따돌림을 당했고."

그녀가 선배를 따라 하더니 결국에는 애인을 빼앗으려는 계획이었다고 사람들이 수군거렸다. 그녀는 회사를 그만두었다. 한참 시간이 지난 뒤에 그녀를 따돌렸던 동료에게서 잘 지내냐고 묻는 문자가 왔다.

"왜, 그때는 막 카톡이 나오기 시작했을 때라 주로 문자로 연락 주고받았잖아. 잘못 연락하셨다고 나는 그런 사람이 아니라고 했어."

그녀의 표정은 한마디로 정의하기 어렵다.

"그때는 정말 그 선배를 좋아했거든. 잘 지내고 싶었고 그래서 뭐든 따라 하고 싶기도 했어."

그녀의 말이 귀에 와서 박힌다. 좋아해서 뭐든 따라 하고 싶었다는 그 말. 변명이나 빈말이 아닐 수도 있는 그 말. 그래서 그녀는 내게 똑같은 옷을 선물하고, 데칼코마니처럼 마주 앉아 있고 싶은 것인지도.

*

"그래서 그 파티는 어떻게 됐어?"

그녀의 물음에 나는 요리오를 입에 넣고 굴리다가 삼킨다. 입안 가득 와인의 풍미가 느껴진다.

"그날 바닥이 불편하다는 이유로 여자들은 식탁으로 자리를 옮겼어."

그녀는 진지한 표정으로 내 말을 듣고 있다. 이쯤에서 이야기를 그만두고 싶지만 자꾸 다음 말을 잇게 된다.

"검정 블라우스를 입고 해맑은 얼굴로 웃고 있는 유라 씨 옆에 앉을 수가 없어서 나는 송이 씨 옆으로 가서 앉았어."

코트 안 벗어요? 송이 씨가 물었다. 나는 코트를 벗어야 할지 말아야 할지 몇 번이나 망설였다. 입고 있는 것도 벗고 있는 것도 우스울 게 뻔했다. 결국 나는 송이 씨의 부추김에 코트를 벗었는데 검정 블라우스를 입고 유라 씨와 마주 앉은 꼴이 되었다.

―우와, 같은 옷 다른 느낌!

거실에 있던 주완이 이쪽을 보며 장난스럽게 말했다. 빛이 나는 유라 씨와 비교되는 것 같아 부끄러웠다. 아니에요. 색깔만 비슷하지 디자인은 달라요. 유라 씨가 내 눈치를 보며 대답했다.

나는 말없이 와인 잔을 기울였다. 진규는 지금 어떤 일이 벌어지고 있는지 전혀 이해하지 못한 듯했다. 분양가가 얼마인지를 궁금해했고 어떻게 이런 좋은 집을 장만했느냐고 대체 비결이 뭐냐고 물으며 집 구석구석을 돌아다녔다. 나 역시 이곳에 오기 전까지는 그런 것들이 궁금했다. 올해 갓 초임 교사가 된 주완이나 송이 씨의 힘만으로 이런 집에 신혼살림을 꾸린다는 것은 불가능해 보였다. 하지만 지금 나의 관심을 끄는 것은 오직 유라 씨뿐이었다. 똑같은 스카프를 매고 비슷한 블라우스를 입고 와서 내 앞에 앉아 있는 유라 씨.

―송이 씨 부모님이 송이 씨에게 준 선물.

자랑스러움으로 번들거리는 주완의 목소리가 내 생각을 뚫고 들어왔다. 몹시 부럽다는 듯 진규는 콜라가 담긴 잔을 주완과 정민의 술잔에 부딪치며 입맛을 다셨다.

그때 유라 씨가 우리도 건배하자며 잔을 부딪쳐왔다. 눈이 마주쳤다. 나는 얼른 거실 쪽으로 고개를 돌렸다. 남자들은 자신들이 지나왔던 과거 어느 한때를 공유하며 웃었다. 유라 씨 남편 정민은 어울리지 못하고 조용히 와인이 아닌 맥주를 들이켰다.

―같은 교사지, 나이는 어리지, 처가는 능력 있지.

이번에도 눈치 없이 진규가 목소리를 높였다.

―에이, 어리기로 따지면 유라 씨지.

주완이 대꾸했다. 그러니까 정확히 말하면 그때의 나는 유라 씨보다 여덟 살이 많았고 송이 씨보다는 여섯 살이 그리고 서른인 진규와 그의 친구들보다 세 살이 많았다.

진규가 은밀한 목소리로 어린 신부랑 사는 느낌이 어떠냐고 묻자 정민은 쑥스러운 듯 고개를 저었다. 좋다는 것인지 싫다는 것인지 알 수 없는 몸짓이었다. 거실 창으로 아파트 단지 입구에 세워진 대형 트리의 빛이 쏟아져 들어왔다. 나는 머금고 있던 요리오를 천천히 삼켰다.

잔뜩 기대한 크리스마스 파티였다. 기분을 내고 싶었다. 준비해 온 와인을 나누어 마시며, 자신이 고른 와인에 대한 이야기를 나누기로 했었다. 기분 좋게 와인에 취할 수 있을 거라는 기대가 있었다. 하지만 뭔가 꼬일 대로 꼬여 엉망이 되고 있다는 느낌을 지울 수 없었다.

그날, 송이 씨네 집들이에서 와인을 세 잔이나 마시면서도 맛을 전혀 느끼지 못했다. 처음 입안에 들어왔을 때의 들척지근한 맛을, 삼킬 때의 아릿한 떨림을. 내가 요리오를 좋아하는 까닭은 그런 느낌 때문이다. 한마디로 그것은 기분 좋은 무게감이다. 그날은 무슨 맛인지도 모르면서 그냥 마셨다. 그래서 되도록 천천히 마시려고 애썼고 남들 앞에서 내 기분을 드러내지 않으려고 버둥댔다.

―유라 씨 이거 좋아해요?

평소답지 않게 나는 존대까지 하며 예의 바르게 물었다. 유라 씨가 고개를 끄덕였다.

―이름이 마음에 들어요.

유라 씨는 내가 따라준 와인을 한 모금 마셨다.

―저번에도 말했지만 한국인들이 가장 사랑하는 와인이래요. 달지 않고 신맛이 두드러지는 와인으로 깊은 맛을 느낄 수 있어요. 어때요? 입맛에 맞아요?

내 물음에 유라 씨는 다시 고개를 끄덕였다. '거짓말을 하는구나.' 그런 생각이 들자 가슴에서 뜨거운 불덩이가 하나가 불끈 치밀어 올랐다. 나는 침을 삼키듯 불덩이를 꾹꾹 눌러 삼켰다.
—아니지. 유라 씨는 말백 좋아하잖아. 지난번에 내가 SNS에 말백 사진 올렸을 때 유라 씨가 그랬잖아요. 심플한 디자인에 길고 갸름한 병 모양이 마음에 든다고. 달콤한 과일 향과 조화를 이룬다는 설명에 자신이 딱 좋아하는 맛이라는 글도 남겼잖아요. '좋아요'도 누르고. 그 뒤 우리 집 올 때 말백 사 와서 마셨잖아. 요리오보다 유라 씨 입맛엔 말백이 더 낫다면서 말이야. 맞다, 이 스카프도 아주 마음에 든다고 우리 집에서 목에 두르기도 했잖아요. 근데 암만 봐도 유라 씨한테 잘 어울리긴 하네.

입술을 물들이며 목울대를 타고 넘어가던 그 붉은 액체 때문이었을까. 긴장이 풀어지는 게 느껴졌고 어른이고 나발이고 그딴 게 무슨 소용인가, 싶었다. 유라 씨 앞에 아슬아슬하게 놓인 와인잔이 보였다. 나는 음식을 집는 척하며 그것을 슬쩍 밀었다. 와인이 쏟아지며 유라 씨 블라우스를 적셨다. 콧소리 섞인 목소리로 종알대며 환하게 웃던 유라 씨가 꼭 다문 입술을 씰룩이고 있었다.
—어머 미안해요, 유라 씨.
나는 흘린 와인을 닦으며 말했다. 유라 씨의 얼굴이 점점 붉어지고 있었다. 그 모습이 우스꽝스러웠고 나는 그 시간을 좀 더 즐기고 싶었다. 그래서 와인이 묻은 휴지로 유라 씨의 스카프를 닦았다. 물기를 머금은 실크 스카프가 우글쭈글해졌다.
—아이씨, 지금 뭐 하는 거예요?
유라 씨가 얼굴을 험악하게 일그러뜨리며 내 손을 세게 쳐냈다. 송이 씨네에 있던 사람들이 나와 유라 씨를 보고 있었다. 손이 엇나가 와인을 쏟았다며 나는 거듭 사과했다. 이게 뭐냐고, 오늘 처음 입은 블라우스와 스카프 못 쓰게 생겼다고 유라 씨는 짜증 가득한 목소리로 징징거리며 마른 휴지로 와인을 벅벅 닦아냈다. 신경질적인 손놀림이었다. 망가진 블라우스와 스카프 외에는 아무것도 보이지 않는 것처럼. 진규가 달려와 자신의 머플러를 유라 씨 목에 둘러줬다. 검정 블라우스와 버건디색 머플러가 멋스럽게 어우러졌다.
—누나, 왜 그래? 좋은 날 왜 분위기 망치고 그러냐고?
진규가 씩씩대며 내 손목을 잡아끌었다.
—그렇게 부르지 말랬잖아!
나는 유라 씨 목에 있는 머플러에서 눈을 떼지 않으며 아랫입술을 꽉 깨물고는 진규만 들을 수 있게 조용히 말했다.
그날 나는 진규의 손에 끌려 송이 씨의 집을 나왔다. 바깥바람이 찼다. 지하 주차장을 빠져나오니 송이 씨네 아파트 정문이었다. 헤드라이트 불빛 위로 소용돌이치고 있는 진눈깨비가 대형 트리 언저리를 어지러이 맴돌고 있었다.

―정말 이러기야?

운전석에 앉은 진규가 버럭 화를 냈다.

―너야말로 어떻게 그럴 수 있어?

진규가 무슨 말을 하는지 이해할 수 없다는 얼굴로 나를 쳐다봤다. 자신의 잘못을 전혀 알아채지 못하는 진규의 모습을 보니 더 화가 났다.

―머플러.

그제야 진규가 알겠다는 듯한 표정을 지었다.

―누나 때문이잖아. 그럼 어떡해?

―나 때문이라고?

―친구들 앞에서 유치하게 꼭 그렇게 했어야 했냐고, 창피하게.

진규가 길게 한숨을 내쉬더니 일부러 유라 씨 옷에 와인 쏟고 스카프 망쳐놓은 거잖아, 그러니 내 머플러라도 줄 수밖에, 라고 했다. 그렇지 않다고 항변하면서도 마음이 개운하지 않았다. 후회되었다. 결혼 후 처음으로 맞이한 크리스마스를 기념해 준비한 선물을 유라 씨에게 빼앗겨버린 기분이었다.

한 번도 아니고, 유라 씨가 여러 번 나를 골탕 먹이는 걸 진규는 목격했다. 다른 사람은 몰라도 진규만은 내 편이어야 했다. 하지만 나는 입을 다물었다. 너무 피곤했다. 다른 사람들 눈에 똑같은 옷으로 보이는 비슷한 모양의 검정 블라우스를 입고 마주 앉아 있는 일은 고된 일이었다. 의자에 몸을 기대니 정신이 가물가물해지면서 자꾸 눈이 감겼다. 휘황찬란한 불빛 속으로 진눈깨비는 여전히 흩날리고 있었고 나의 크리스마스이브는 그렇게 저물고 있었다.

*

짧은 시간을 함께 보낸 유라 씨는 많은 흔적을 남겼다. 그 후 약간의 변화가 내게 있었다. 나는 더 이상 검정 블라우스를 입지 않으며 진규가 결혼기념일 선물로 준 스카프를 매지 않는다. 그러니 스카프 링을 할 일도 없다. 와인 코너 앞에서 '말백'을 지나쳐 가고 SNS에 소소한 일상을 올리지도 않는다. 마구잡이로 초인종을 누르는 사람을 경계하고 일정한 선을 지키려고 노력한다. 그로 인해 진규와 내가 서로에게 준 크리스마스 선물은 쓸모를 잃어버렸다.

*

휴대폰 벨이 울린다. 그리고 곧 여보세요, 하고 그녀가 혀 꼬부라진 소리로 말한다. 그녀의 남편인 모양이다. 잔이 비어 있다. 나는 잠깐 망설이다 와인을 따른다. 어느새 통화를 끝낸 그녀가 잔을 흔든다. 유리잔에 적갈색의 무늬가 나타났다가 사라진다.
"괜찮겠어?"
내가 묻고 그녀는 끄떡없다고 대답한다.
"벌써 남편 퇴근했다는 건 아니지?"
"한 시간 후에 도착한대."
그녀는 와인 향을 음미한다.
"와인 맛 어때?" 내 물음에 그녀는 "달지는 않지만 시큼한 것이 아주 깊은 맛이 느껴져" 하고 대답한다. 그녀는 요리오를 홀짝이다 올리브색 니트 원피스에 흘린다. 물티슈로 닦아내보지만 자국이 그대로 남는다. 평소에 알던 그녀 같지 않다. 순간 내 앞에 앉아 있는 그녀가 유라 씨와 겹쳐 보인다. 나는 그녀에게 주방 세제를 내민다. 식탁 의자에서 일어서는 그녀가 비틀거린다. 취한 것 같은데 괜찮은 거냐고 내가 묻고 그녀는 손을 저으며 싱크대 앞에 서서 얼룩을 지워낸다.
"이렇게 묵직하고 우아한 와인이 말이야."
식탁에 앉아 냅킨을 두른 그녀가 자신의 원피스에 희미하게 남아 있는 적갈색 얼룩을 가리킨다.
"목으로 넘어갈 때 우아한 맛을 내는 이것이 목이 아닌 다른 곳에 자리 잡으면 이렇게 보기 흉한 얼룩이 되네."

오늘 보니 스물다섯이던 지난해의 유라 씨가 서른넷 지금의 그녀가 된 것 같다.

"지금부터가 진짜야."

가볍게 시작한 이야기였다. 적당한 선을 유지할 줄 아는 그녀가 유라 씨와는 다르다고, 그래서 내가 그녀를 좋아한다고 말하고 싶었을 뿐이다. 배려는 그런 것이라고. 상대가 불편하게 생각하지 않을 선을 지키는 것이라고 말이다.

"크리스마스 파티가 있던 며칠 뒤 유라 씨 부부와 해맞이 여행 계획이 있었어."

두어 달 전에 어렵게 예약한 곳이었다. 아침 일곱시에 지하 주차장에서 만나 함께 출발하기로 한 유라 씨네가 나타나지 않았다. 대신 유라 씨한테서 카톡 메시지가 왔다. 감기가 심해서 가지 못할 것 같다고, 잘 다녀오라는 문자였다. 진규와 나는 예정대로 출발했다. 펜션에 짐을 풀고 바닷가를 거닐고 회를 먹었다. 그날 밤 유라 씨한테서 카톡 메시지가 왔다.

'그날, 제게 왜 그러셨어요?'

그 짧은 문장으로 내 기분은 완전히 망가졌다. 왜 그랬냐고? 정말 몰라서 묻는 것일까. 아니면 모든 잘못이 내게 있다고 믿는 것일까. 무례했다. 갑작스럽게 약속을 취소한 것으로도 모자라 새해맞이 여행을 온 사람에게 그날을 상기시키는 이런 카톡을 보내다니.

다음 날 새벽에 일어나 바닷가에 진을 치고 있는 사람들 사이에 끼어 앉아 해가 떠오르는 걸 보자마자 집으로 돌아왔다. 지루하고 피곤한 데다 한없이 찜찜한 여행이었다.
집에 와 한숨 낮잠을 자고 일어났을 때는 저녁 무렵이었다. 마트에 들러 반찬거리나 사 올까 하고 엘리베이터 앞에 섰을 때 유라 씨 집 현관문 열리는 소리가 났다. 유라 씨를 만나면 어떻게 처신해야 할까, 잠시 고민이 되었다. 발걸음 소리가 등 뒤에 와서 멈추었다. 뒤돌아보았을 때 트레이닝복을 입은 여자가 나를 보고 웃었다. 처음 보는 얼굴이었다. 어제 1003호로 이사를 왔다며 여자가 인사를 했다. 나는 믿기지가 않아 여자에게 호수를 다시 물었다. 1003호. 여자가 말했다. 머리끝이 찌릿찌릿했다. 나는 마트에 가려던 발걸음을 돌려 집으로 들어와 유라 씨에게 전화를 걸었다. 받지 않았다. 문자를 남기려고 유라 씨 계정으로 들어갔다. 버건디색의 머플러를 두르고 거울 앞에 앉아 셀카를 찍는 모습의 유라 씨가 프로필 사진으로 올라와 있었다. 나는 스멀스멀 끓어오르는 감정을 꾹 누르고 메시지를 남겼다. '몸 아픈 건 괜찮은 거야?' 유라 씨는 카톡을 읽지 않았다. '유라 씨 주려고 마카롱 사 왔는데.' 역시 읽지 않았다. 가슴이 두근거렸고 머리카락이 쭈뼛 섰다. 나는 다시 카톡에 문자를 남겼다.
'유라 씨는 자기가 아주 이기적이고 무례한 사람이라는 거

알고 있어?'

 마지막 카톡을 보내놓고 나는 내내 들여다보고 있었다. 삼십 분 아니 한 시간쯤 흘렀나? 말풍선 옆의 숫자 1이 사라졌다. 유라 씨가 카톡을 읽었구나. 답이 오기를 기다렸다. 유라 씨는 나에게 어떤 변명이라도 해야 한다고 생각했다. 나는 유라 씨의 카톡 계정을 한참이나 들여다보았다. 어느 순간 머플러를 두르고 있는 프로필 사진이 삭제되고 회색의 기본 아이콘이 그림자처럼 남아 있었다. 말로 표현하기에는 모호한 무언가가 가슴속을 둥둥 떠다녔다. 그것은 조미료처럼 들큼하고 밍밍하고 구역질이 나기도 하는 그런 것이었는데 어떻게 보면 미열로 들떠 있는 기분 같기도 했다.

 "유라 씨가 말도 없이 이사 가고 내가 바로 이사 온 거네. 그래서 그날 나를 보는 표정이 그랬던 거구나."

 그녀는 눈을 게슴츠레하게 뜨고서 계속 얘기해보라는 듯 쳐다본다.

 "유라 씨와의 관계는 이제 영영 풀 수 없는 숙제가 되어버린 거지. 연락조차 되지 않으니. 볼일 보고 뒤처리 안 하고 나온 것처럼 찜찜해."

 내 말에 그녀의 얼굴이 짓궂게 씰룩거리더니 정말 찜찜하냐고 묻고 나서 도저히 참을 수 없다는 듯 큰 소리를 내며 웃는다. 뭐가 그렇게 좋은지 그녀는 여전히 싱글벙글한다.

"내가 그때 문자 잘못 보냈다고 답한 것도 그런 마음에서였어. 그렇게 다 털어버리게 하고 싶지는 않았거든."

그녀의 말에 내 기분이…… 점점, 나빠진다. 그녀가 선배의 문자에 답을 안 한 것이 그래서였다고? 미안하고 불편해서가 아니라?

"내가 말했나, 내 잘난 남편이 그때 그 선배의 애인이었다고?"

그녀는 선물 꾸러미를 펼쳐 보이듯 말하고는 내 반응을 살핀다. 놀란 나는 뒷말을 잇지 못한다. 그런 나를 보며 그녀는 손뼉까지 쳐가며 웃는다.

"결국은 그렇게 되어버렸어."

웃음을 진정시킨 그녀는 자신의 원피스 얼룩을 손으로 매만진다.

"남들은 그게 얼룩이라고 말하지만 나는 그렇게 생각하지 않아. 설령 얼룩이면 또 어때. 남의 목으로 넘어가는 훌륭한 와인보다는 얼룩이라도 내 것이니까 괜찮아."

얼굴이 화끈 달아오른다. 처음 목격하게 되는 그녀의 모습 때문인지 술기운 탓인지 모르겠다. 나는 얼굴을 쓸어내리며 내가 우마니론끼요리오를 왜 좋아하는 줄 아느냐고 그녀에게 묻는다. 아니 나 스스로에게 묻는 말이다. 그녀가 와인 잔을 입으로 가져가다 말고 나를 멀뚱히 쳐다본다.

"선을 넘지 않는 적당한 거리감 때문이야. 이 요리오가 딱 그 정도의 거리감이지. 내가 작년 크리스마스 선물로 요리오를 고른 것도 그래서야. 선물로서 과하지도 부족하지도 않은, 즉 내 생활에 무리가 갈 정도여서도 안 되지만 남들에게 우습게 보여도 안 되는 범위."

 내가 생각하는 사람 사이의 거리감도 다르지 않다. 친밀하게 잘 지낼 필요는 있지만 지나쳐서 사생활을 침범할 정도면 곤란하다. 하지만 오늘 나는 그 거리감을 또 한 번 유지하지 못했다는 것을 알고 있다. 크리스마스 캐럴이 귓속을 파고든다. 결혼 후 맞는 두번째 크리스마스도 망쳐버린 것 같다.

부끄러움을 아는 마음

새 학기가 시작되고 채 일주일이 지나지 않았을 때였다. 교실로 들어선 서준이 빨간색 노끈으로 둘둘 감은 갑 티슈 상자를 내밀었다.

이게 뭐예요?

어설프게 군데군데 송곳으로 찌른 구멍이 나 있는 갑 티슈 상자에는 톱밥 가루가 흘러나와 먼지처럼 붙어 있었고 퀴퀴한 냄새가 났다.

맞혀보세요.

상자 구멍 쪽으로 눈을 들이밀자 서준이 내게 바짝 붙으며 티슈에 난 큰 구멍을 손으로 가렸다. 뭔가 소변 냄새 같기도 하고 동물 냄새 같기도 한 누릿한 지린내가 풍겨왔다. 역한 냄새에 숨을 참으며 인상을 찡그렸다. 상자에 든 것이 무엇일지 전혀 감을 잡을 수 없었다. 모르겠다는 내 말에 서준이 그럴 줄 알았다는 듯 씩 웃었다. 그러고는 구멍에서 손을 떼고는 들여다보라고 했다. 눈을 갖다 댔으나 역한 냄새만 더 진해졌을 뿐 그것이 무엇인지 알 수 없기는 마찬가지였다. 거무스름한 동그라미가 보였는데 야구공 크기였다. 냄새로 미루어 동물 같은데 공처럼 동그란 동물이 과연 존재하는 걸까. 공벌레치고는 너무 큰 거 아닌가. 게다가 저건 움직이지도 않는데 동물이긴 한 걸까, 하는 생각을 하고 있을 때 서준이 말했다.

도치예요.

도치?

에이, 선생님은 도치도 몰라요?

아이들 사이에서 유행하는 새로운 동물일지도 몰랐다.

가시가 뾰족뾰족하게 난 고슴도치 몰라요?

동그란 저것이 고슴도치라고?

몸을 말고 있으니까 동그랗게 보이는 거예요. 몸을 풀면 동그랗지 않아요.

서준은 그것도 모르느냐는 표정으로 나를 봤다.

근데 이걸 왜 나한테 주는 건데?

선생님한테 주는 거 아닌데요. 정인 쌤 주는 건데요.

서준은 선생님과 쌤이라는 호칭으로 언제나 나와 정인을 구별했다. 서준이 구별하는 그 호칭에는 서준이 좋아하고 신뢰하는 사람이 정인이라는 것을 느낄 수 있었다.

그럼 학교엔 왜 가져온 거니?

정인 쌤한테 갖다주세요.

나는 그런 부탁이라면 들어줄 수 없다고 했다. 전해주기만 하면 되는데 왜 부탁을 못 들어주는 것이냐며 서준은 소리를 질렀다.

나도 지금 연락이 안 돼. 그러니 도로 가져가.

왜요? 정인 쌤이랑 같이 안 살아요?

서준이 물었다. 순간 나는 멈칫했다. 그러고는 작은 목소리로 그런 말 하는 거 아니에요, 하고 말했다. 서준이 왜요? 왜 그런 말 하면 안 되는 건데요? 하고 되물었다.

이거 도로 가져가. 근데 고슴도치는 어디서 난 거니?

서준이 나를 빤히 쳐다봤다.

훔친 거 아니에요. 우리 가게에서 가져온 거예요.

그때 등교하는 아이들 발자국 소리가 복도 쪽에서 들려왔다.

알았으니까 이거 가져가. 다시 말하지만 나는 정인 쌤한테 이거 전해줄 수가 없어.

선생님이 안 가져가면 죽게 그냥 내버려둘 거예요.

맹랑한 아이였다. 고슴도치가 죽으면 그건 서준이 때문이라며 나는 눈에 힘을 주었다. 서준은 내 눈길을 피하지 않고 똑바로 쳐다보더니 아니에요, 그래서 죽으면 그건 선생님이 죽인 거예요, 하고 대꾸했다. 그러고는 슬쩍 내 눈치를 한번 살피더니 정인 쌤한테 전해줄 때까지만 선생님이 데리고 있으면 되잖아요, 했다. 그때 아이들 몇몇이 교실로 들어서며 인사를 했다. 서준이 고집을 굽힐 것 같지 않았다. 나는 아이들의 인사를 받으며 마지못해 고슴도치 상자를 집어 들었다.

하루에 스무 알씩 주세요. 많이 주면 돼지 되니까요.

책상 아래로 갑 티슈 상자를 내려놓는데 사료가 든 지퍼백을 서준이 내밀었다.

퇴근길에 펫 숍에 들렀다. 어쩌다가 그곳으로 향했을까. 꼭 그곳이 아니더라도 이 도시 어딘가에는 많은 펫 숍이 있었을 텐데. 고슴도치 키우는 데 필요한 용품을 사야겠다고 마음먹었을 땐 오로지 머릿속에 '동물의 왕국'만이 맴돌았다.

그곳에 발을 들여놓은 건 처음이었다. 나는 두리번거리며 숍을 흘긋댔다. 직원이 다가와 무얼 찾느냐고 물었다. 하마터면 오정인, 이라고 말할 뻔했다. 나는 정신을 바짝 차리고 고슴도치 기르는 데 필요한 용품을 사러 왔다고 대답했다. 직원은 고슴도치 케이지와 은신처, 베딩과 놀이기구, 정수기와 사료 그릇 같은 것들을 보여주었다. 케이지만 해도 종류가 많았다. 나는 이것저것 들춰 보며 물건을 고르다, 멈칫했다. 숍 구석에서 정인이 유리 상자에 고개를 들이밀고 있었다. 아직 여기 있었던 거야? 반가움이 앞섰다. 하지만 아는 척하는 건 별개의 문제였다. 우린 헤어진 연인이었다. 그래도 인사 정도는 나눌 수 있지 않을까. 고슴도치 핑계를 댈 수도 있을 것이었다. 서준이 전해달라고 했는데 마침 잘되었다며 고슴도치 상자를 내밀 생각이었다. 예전처럼 카페에 앉아 펄이 들어간 밀크티를 마시며 고슴도치나 서준에 대한 이야기로 말문을 트고는 자연스럽게 손을 맞잡을 수도 있을 것이다. 그런 상상을 하며 나는 정인의 뒤에 서서 어깨를 툭 건드렸다. 유리 상자에 고개를 박고 있던 정인이 내 쪽으로 몸을 틀었는데 낯선 얼굴이었다. 어깨까지 오는 장발을 한, 피부가 하얗고 통통해서 얼핏 여자처럼 보이는 남자 수의사였다. 나는 한껏 올라가 있던 입꼬리를 간신히 내리고는 아는 사람인 줄 알았다며 사과했다.

  문밖에서 정인을 기다리던 날이었다. 하얀 가운을 입은 정인과 그녀의 동료가 유리 상자에 고개를 들이민 채 무언가를 들여다보고 있었다. 두 사람 얼굴이 불그스름했는데 꼭 잘 보이고 싶은 연인 앞에서 수줍음을 타는 것 같았다. 정인은 한참이나 유리 상자를 들여다보고 있다가 동료가 툭 어깨를 건드리고 서야 시계를 보았고 서둘러 가운을 벗었다.

  꽤 다정해 보이던데.

손을 흔들며 다가오는 정인을 향해 빈정거렸다. 그녀는 무슨 말을 하는지 알 수 없다는 얼굴을 하고서 미간을 찡그렸다. 나는 환하게 조명을 밝힌 펫 숍을 가리켰다. 그녀의 동료가 이쪽을 내다보고 있었다. 연우 쌤은 친구라고 했잖아. 정인이 꽁꽁언 내 손을 잡으며 말했다. 뭔가 묘하게 찜찜했으나 그녀의 체온이 내 손바닥으로 옮겨 오는 동안 마음이 누글누글해졌다.

동물병원을 겸하는 펫 숍은 밖에서 봤던 것보다 훨씬 컸고 얼핏 눈에 띄는 직원만도 다섯 명이 넘었다. 정인은 이런 사람들과 일을 했겠구나, 생각하다가 연우 쌤이 보이지 않는다는 것을 깨달았다. 우연일까? 우연이 아니래도 어쩔 수 없는 일이었다. 물어볼까? 그런 생각을 하며 고슴도치 용품을 들고 멀뚱히 서 있는데 정인으로 착각했던 그 남자 수의사가 다가왔다. 그는 내게 고슴도치를 길러본 적이 있느냐고 물었고 나는 고개를 저었다. 그는 웃음 띤 얼굴로 톱밥을 얼마나 어떻게 깔아야 하는지 변은 어떻게 치워야 하는지 친절히 설명해주었다. 그러고는 내게 명함을 내밀었다.

궁금한 게 있으면 언제든 전화 주세요.

집으로 와 물을 담은 작은 접시를 우리 안에 두었는데 다음 날 아침에 보니 물그릇이 엎어져 있었다. 나는 전날 받은 명함을 들여다보다 명함의 그가 아니라 정인에게 전화를 걸었다. 그녀는 수의사니까 고슴도치에 대한 건 물어볼 수 있는 거잖

아. 처음 본 사람보다 잘 알던 사람한테 물어보는 게 편하지. 어차피 이 고슴도치는 서준이 내게 맡긴 거니까 주인인 정인에게 전화하는 게 옳아. 신호가 몇 번 가기도 전에 국제 전화로 넘어간다는 멘트가 흘러나왔다. 그때서야 퍼뜩 정신이 들었고 나는 휴대폰을 내려놓았다. 동물보호단체에 소속되어 자원봉사를 떠난다고 했던 정인의 말이 떠올랐다.

나는 책상 위 지구본을 노려보았다. 정인 또한 나와 함께 이 둥그런 지구 안에 있을 것이라는 생각이 들었고 나는 그 지구를 내 손안에 넣고 싶었다. 내 손가락 힘은 중력보다 강력했다. 나는 눈앞에서 빠른 속도로 자전하고 있는 지구를 봤다. 빛의 속도로 해가 떴다가 졌고 달이 졌다가 다시 뜨는 사이에도 튀니지 이집트 알제리 멕시코 과테말라 같은 나라들이 휙휙 지나갔다. 나는 곧 그 나라들이 아주 더운 대륙에 자리 잡고 있는 나라라는 것을 깨달았다. 언젠가 정인으로부터 그런 나라에 대한 얘기를 들은 적이 있었다. 그래서인지 동물보호단체가 그런 곳에 있을 것이라고 여겼고 내 손가락은 멈칫거렸다.

다른 날보다 이른 출근을 했다. 교문으로 들어서자 바람이 불었다. 학교 담벼락에 서 있던 나무의 홍자색 꽃이 살랑살랑 흔들렸다. 아이들과 운동장에 나와 꽃을 보아도 좋을 것 같았다. 마침 '알쏭달쏭 나'라는 주제에서 '봄이 오면'이라는 주제로 단원이 넘어가고 있었다. 줄기를 에워싸고 올망졸망 피어 있는 붉은 꽃을 보며 봄은 어떻게 왔다 가는지 이야기를 들려줄 생각이었다. 꽃대를 만들지 않고 나무 몸체의 아무 곳에서나 피어 있는 구슬 같은 꽃은 볼수록 신기했다. 줄기 여기저기, 심지어 땅 위로 나와버린 굵은 뿌리까지. 차마 다른 꽃들은 생각지도 못한 곳에서 꽃대 없는 꽃을 피워 올리는 그 매력에 빠져 한참을 들여다보고 있다가 연두색 애벌레 한 마리를 발견했다. 새끼손가락 두 마디만 한 길이의 애벌레는 홍자색 꽃 위로 꿈틀꿈틀 기어갔다. 나는 진저리를 치며 꽃에서 떨어져 나와 뒤도 돌아보지 않고 운동장을 가로질렀다.

  일층 현관에 막 발을 올리는 순간 선생님, 하고 부르는 소리가 들렸다. 돌아보았으나 아무도 없었다. 잘못 들은 게지. 속으로 생각하며 몸을 돌렸다. 그 바람에 두르고 있던 스카프가 흘러내렸고 다시 뒤에서 숨을 헐떡이며 같이 가요, 하는 소리가 들려왔다. 멀리서 서준이 손을 흔들며 달려오고 있었다. 못 들은 척 걸음을 재게 놀렸다. 2학년 연구실로 막 들어서려는데 손아귀 속으로 작고 말랑하고 차가운 것이 쏙 들어왔다. 홍자색 꽃 위를 기어가던 애벌레가 떠올라 나는 슬그머니 서준의 손을 놓았다.

  서준이 왜 이렇게 일찍 왔어요?
  내 물음에 대답하지 않고 서준은 히죽히죽 웃기만 했다.

교실로 가 있어요.
서준은 고개를 내저었다.
오늘 선생님 바쁘니까 귀찮게 하지 말고 교실에 가서 책 읽고 있어요.
목소리를 낮추며 아랫입술을 지그시 깨물었다.
근데 선생님, 도치 밥은 주고 왔어요?
언제나 그랬듯, 바쁘다는 내 말에 아랑곳없이 서준은 이런저런 질문을 하며 엉켜 붙기 시작할 것이다. 나는 작게 한숨을 내쉬며 고개를 끄덕였다.
서준아, 선생님 바쁘다니까. 나중에 얘기하자 나중에.
나중에 언제요? 도치 밥 몇 알 줬어요?
또 시작이었다. 서준은 하루 종일 틈날 때마다 내게 도치 이야기를 할 것이었다. 나는 서준을 노려보았다. 그제야 서준은 2학년의 것이라고는 믿기 어려울 정도로 낡고 더러운 실내화 가방을 흔들며 교실로 향했다.

방과 후 활동 계획안을 제출하고 교실로 왔더니 십여 명이 넘는 아이들이 뛰어다니고 있었다. 짜증이 몰려왔지만 입꼬리를 끌어올렸다.
여러분, 조용히 자리에 앉아요.
재킷을 벗어 옷걸이에 걸고 카디건을 걸쳐 입었다.

선생님, 진짜 도치 아침밥 줬어요?

나는 고개를 끄덕이며 그랬대도, 하고 대답했다. 사실은 바빠 나오느라 도치의 밥을 챙기지 못했다. 어제도 그제도 그랬으니까 벌써 삼 일째 밥을 챙기지 못한 셈이었다.

선생님, 도치 얼마만큼 컸어요? 도치 집은 만들어줬어요? 물은요? 고슴도치용 정수기도 놔줬어요?

서준의 질문은 끝도 없이 이어졌고 아이들은 그 틈을 타 다시 교실을 뛰어다녔다. 나는 북채로 교탁을 내리치며 장단을 맞추었다. 뚜욱따닥 뚝따닥따 뚜욱따닥 뚝따닥따.

앞니 빠진 중강새 우물가에 가지 마라.

아이들이 북채의 리듬에 맞춰 노래를 부르기 시작했다.

붕어 새끼 놀란다 잉어 새끼 놀란다.

앞니 빠진 중강새 닭장 곁에 가지 마라.

암탉한테 차일라 수탉한테 차일라.

노래가 끝났을 때 나는 큰 소리로 말했다.

우리들은 1학년이 아니에요. 이번에 입학한 동생들 봤지요? 2학년 언니, 형아답게 행동해요.

아이들은 제자리로 돌아가 책을 펼치고 앉았다. 하지만 서준은 아직 교탁 주변을 어슬렁거리고 있었다.

서준이도 얼른 자리로 가서 앉아요.

엉거주춤한 자세로 서 있는 서준을 보며 큰 소리로 말했다.

서준아 뭐 하니, 자리로 돌아가지 않고.

나를 흘긋 올려다본 서준이 발밑으로 눈길을 돌렸다. 서준의 발밑에 자박자박하게 물이 고였다. 그런 모습을 보자 생활기록부에 붙어 있던 서준의 특이사항이 적힌 노란 포스트잇이 떠올랐다.

서준이 할머니와 사는 아이이니 각별히 신경을 써달라는 내용이었다. 뛰어노느라 흥분해 있거나 다른 무언가에 열중해 있을 때는 서준이를 불러 화장실을 다녀오게 시켜야 한다고 했다. 그러지 않으면 소변 실수를 한다고. 학년이 바뀌어 생활기록부를 넘겨주는 성의치고는 유별난 감이 없지 않았다.

어머, 서준이 바지에 오줌 쌌구나. 서준아, 괜찮아. 그럴 수도 있지. 오줌 싸는 건 부끄러운 일이 아니에요.

내 목소리에 아이들이 전부 서준을 쳐다봤다. 그리고 곧 낄낄대기 시작했다. 서준이 고개를 숙였다. 베이지색 면바지가 짙은 갈색으로 얼룩져 있었다. 나는 서준을 보건 선생님에게 데리고 갔다. 학년이 끝날 때까지 통제할 수 없을지도 모른다고 생각했는데 이번 일은 서준의 목줄이 되어줄 것 같았다. 정인이 있었다면 어떻게 그럴 수 있느냐고, 서준이 큰 상처를 받았을 거라고 따지고 들었겠지. 사람은 자신이 경험한 모든 일들, 그게 좋은 경험이든 나쁜 경험이든 상관하지 않고 결정적인 순간에 그것을 끄집어내게 된다는 것을 정인은 알고 있을까.

속은 울렁거리는데 후덥지근했던 학원버스 창문이 열리지 않아서 당장이라도 토할 것 같았어.

어린 시절 피아노 연주회를 끝내고 돌아오던 학원버스에서의 일을 내게 들려주며 정인은 버스에 앉아 있기라도 한 듯 이마의 땀을 닦았다. 나는 초등학교 1학년인 어린 정인의 노래진 얼굴을 상상하며 어른이 된 정인의 등을 가볍게 토닥였다. 정인은 가방에서 검정 비닐을 꺼내 양쪽 귀에 걸었다고 했다. 멀미가 심한 정인을 위해 그녀의 엄마는 가방에 까만 비닐봉지를 넣어두곤 했다는 것이다.

늘 있던 일이었어. 유치원 다닐 때는 엄마가 선생님들께 부탁했지. 가방에 비닐봉지를 챙겨두었으니 거기에 토할 수 있게 해달라고. 초등학생이 되었을 때는 엄마가 내게 알려주었어. 귀에 비닐봉지를 걸고, 토하고 난 다음에는 꼭 묶어서 버리라고.

정인은 비닐봉지를 귀에 거는 시늉을 했다.

그날도 그랬어. 버스 안에서 장난치고 떠드는 아이들 사이에서 나는 속엣것을 게워냈지. 점심으로 먹은 햄버거와 컵라면의 꼬불거리는 면발이 시큼한 냄새를 풍겼어. 기름이 번들거리는 빨간 국물이 담긴 비닐봉지는 점점 뜨거워졌고. 딱 한 주먹만큼만 더 토하면 정말 괜찮아질 것 같았어. 정인아 괜찮니? 하고 피아노 선생님이 내 등을 두드리며 물었어. 나는 토하면서도 고개를 끄덕였어. 속이 메스껍고 식은땀이 나면서 몸이 나른해지며 머리가 어질어질한 것은 토하기 전까지야. 토하고 나면 그때부터는 조금씩 나아져. 나는 이미 비닐봉지에 한껏 토했기 때문에 컨디션이 조금씩 나아지고 있었어. 그때였어. 여러분! 토하는 건 부끄러운 게 아니에요. 마이크라도 들이댄 듯 큰 목소리였어. 목소리가 너무 커서 다른 데서 들려오는 것 같았는데 몇 초쯤 후에 피아노 선생님이 한 말이라는 것을 깨달았어. 차 안에 있던 아이들이 동시에 나를 쳐다보았지.

정인은 잠시 말을 끊고 숨을 토해냈다. 그리고 찬물을 한 컵 따라 단숨에 마셨다.

의식해본 적이 없었는데 선생님의 말을 듣고 알게 되었어. 토하는 건 부끄러운 일이라는 걸 말이야. 나를 보는 찡그린 시선에서 부끄러워해야 한다는 걸 온몸으로 느꼈어. '부끄러운 게 아니'라던 말은 부끄러움을 알아야 한다, 는 말처럼 들렸거든.

정인은 그날 비닐봉지에 든 토사물을 도로 삼키고 싶었다고 했다.

하지만 선생님이 나쁜 마음으로 그렇게 말했다고는 생각하지 않아. 무지했거나 생각이 얕았거나 아니면 그렇게 하는 게 호의라고 여겼던 거야. 선의로 한 일이니 그냥 넘겨야 했어. 상처 받으면 안 되는 거였어. 하지만 그때의 나는 선생님의 그 말이 호의라는 걸 알아차리기에 너무 어리기도 했고 이미 아이들의 비웃음과 싸늘한 눈총을 받은 뒤여서 그 상처에 함몰되어 있었어. 선생님의 의도 따위는 따질 겨를조차 없었지.

정인은 내 눈을 가만히 쳐다보았다.

네가 교사라서 이런 이야기를 해주는 거야. 조심하라고. 선의로 한 말이라도 어릴 때는 상처받을 수 있다고. 그러니 아이들에게 말할 때는 한 번쯤 더 생각하라고. 선의든 악의든 섣불리 감정을 얹는 일을 하지 말라고.

나는 정인의 말에 픽 웃었다.

피아노 선생님이 선의로 그런 말을 했다고 어떻게 증명할 건데? 그건 말한 사람 본인만이 알 수 있는 거잖아. 선의였다는 건 정인이 네 바람일 테고.

기억은 딱 거기까지다. 그때 정인이 내 말에 어떤 반응을 보였는지 기억나지 않는다. 정인이 가볍게 고개를 끄덕였을 수도, 그건 좀 오버하는 거 아니냐고 따지듯 되물었을 수도 있었다. 어쩌면 대꾸 없이 내 어깨에 머리를 기대왔을지도 몰랐다. 나는 정인의 피아노 선생님이 어떤 마음으로 정인에게 그런 말을 했는지 알지 못한다. 이런저런 가능성을 추측할 뿐이다. 하지만 내가 서준에게 했던 말과 행동에는 조금의 선의도 없었다. 그동안 차곡차곡 쌓아온 감정을 옆구리에 끼고 있다가 서준이 오줌 싸는 걸 봤을 때, 기회다 싶었다. 비난받지 않을 방식으로, 충분히 변명이 가능한 방법으로 꼽 주는 일.

다음 날은 출근하는 발걸음이 가벼웠다. 학년 연구실에 잠깐 들렀을 때 옆 반 윤 선생이 무슨 좋은 일이 있느냐고 물을 정도였다. 봄이잖아요. 나는 적당히 떠오르는 말이 없어 전날 출근하면서 봤던 홍자색 꽃 이야기를 했다. 아, 저도 봤어요. 박태기나무꽃 말씀하시는 거죠? 윤 선생은 약간 들뜬 목소리로 말했다.

윤 선생이 내게 관심을 보인다는 것을 알고 있었다. 가끔은 합반 수업을 제안하기도 했다. 남자아이를 둔 학부모들은 특히 남자 선생을 선호했다. 초등학교에서 좀처럼 남자 선생을, 특히 젊은 남자 선생을 만날 수 없기 때문이었다. 그래서 간간이 합반 수업에 응해주었지만 윤 선생의 관심은 아이들이 아니라 늘 내게로 향했다.

윤 선생이 나를 보며 입꼬리를 올리더니 날도 좋으니 퇴근 후에 호수 공원으로 산책을 함께 가보는 것은 어떻겠느냐고 넌지시 물어왔다. 거기도 지금 박태기나무꽃이 활짝 피었더라고요. 나는 윤 선생의 눈길을 피하며 퇴근 후에 친구가 집에 오기로 했다는 거짓말을 했다. 수의사라는 그 친구요? 윤 선생이 알은체했다. 정인과는 이곳으로 발령받아 오기 전에 헤어졌는데…… 내가 말한 적이 있었나? 나는 애매한 표정으로 웃었고 윤 선생은 어쩔 수 없다는 듯 어깨를 으쓱 추어올렸다.

나는 휴대폰으로 '박태기나무'를 검색했다. 붉은 꽃을 피운 박태기나무의 이미지가 액정을 가득 메웠다. 스크롤을 내리니 밥풀을 튀겨놓은 모양처럼 생겨 밥튀기에서 박태기가 되었다고 하는 나무 이름의 어원을 밝혀놓은 글도 있었다. 우정과 의혹이라는 꽃말도 있었다. 박태기나무는 꽃도 예쁘고 꽃 진 뒤 떨어진 잎도 하트 모양을 하고 있어 아름답지만 그 꽃에는 독이 들었다고도 했다.

교실로 오니 대여섯 명의 아이들이 가방을 책상에 내려놓고 있었다. 애들아 안녕. 나는 명랑한 목소리로 인사했다. 안녕하세요. 아이들이 합창했다. 나는 전자피아노 앞으로 갔다. 그리고 지난 시간 '봄' 교과서에서 배운 「올챙이」라는 동요를 흥얼거리며 건반을 눌렀다.

개울가에 올챙이 한 마리 꼬물꼬물 헤엄치다.

아이들이 목소리를 높여 노래를 불렀다.

뒷다리가 쑥 앞다리가 쑥 팔딱팔딱 개구리 됐네.

노래가 끝났을 때 서준이 문을 열고 교실로 들어왔다. 나는 재빨리 서준의 얼굴을 살폈다. 기죽은 표정을 기대했으나, 서준은 싱글싱글 웃고 있었다. 이게 아닌데, 하는 생각이 들었다. 뭔가 내 의도와는 다르게 일이 흘러가고 있는 것 같아 못마땅했다. 물줄기를 내 쪽으로 돌리기 위해 나는 짐짓 밝고 큰 목소리로 서준에게 질문했다.

서준이 어제 집 가서 할머니한테 혼나지 않았어요?

어제의 일을 상기시키는 게 중요했다. 하지만 서준은 내 말 따위 개의치 않는다는 듯 도치가 좋아하는 간식이 뭔 줄 아느냐고 물었다. 뭔가 휘말리고 있는 기분이었다. 상황을 빨리 수습하지 못하면 이러다 다시 서준에게 끌려다니게 될 것이었다.

서준이는 아직 어리니까 바지에 오줌 싸도 괜찮아요.

나는 못을 박듯 한 번 더 말했다. 아이들이 왁자지껄하게 웃어댔다.

아이씨. 도치가 뭘 좋아하는 줄 아냐고요?

서준이 코와 입을 씰룩거리며 씩씩댔다. 얼굴이 달아올랐다.

서준아, 아이씨라니. 선생님한테 그렇게 말하면 못 써요.

날카롭게 들리지 않도록 목소리를 낮추었다. 아이들은 내 목소리 톤까지 흉내 내면서 학교에서 있었던 일을 집으로 돌아가 말할 것이다.

그러니까, 도치가 좋아하는 간식이 뭐냐구요?

도치 이야기는 하지 않았으면 좋겠는데.

나중에 집에 갈 때까지 도치가 좋아하는 간식이 뭔지 꼭 말해줘요. 이건 제가 선생님한테 내는 숙제예요.

기가 막혔지만 어떻게 서준을 다뤄야 할지 도통 알 수가 없어서 알겠다고 대답하고 자리로 돌려보냈다. 서준에게 휘둘리고 있는 내 자신이 한심했다.

일 년 전, 정인이 근무하던 '동물의 왕국'으로 서준이 하늘다람쥐를 들고 오면서 정인과 알게 되었다고 했다. '동물의 왕국'은 동물병원을 겸한 펫 숍이었고 정인은 그곳의 수의사 중 한 명이었다. 그때 서준은 갓 초등학교에 입학한 신입생이었다. 정인은 서준을 챙기는 이유에 대해 할머니와 단둘이 사는 아이이기 때문이라고 말했다. 나는 그런 정인을 이해했고 서준을 동정했다. 하지만 정인과 만날 때마다 부록처럼 끼어 있는 서준이 어느 순간부터는 불편해지기 시작했다. 얌전하고 수줍음이 많은 아이인 줄 알았던 서준이 얼굴을 익히고 나자 스스럼없는 수준을 넘어 함부로 하려고 들었다. 서준을 가까이하지 않기를 바라는 내 마음을 정인은 불편해했다. 다시 말해, 내가 정인의 오지랖을 견딜 수 없었던 것처럼 정인은 나의 매정함을 참기 힘들어했다. 그즈음 우리는 아주 사소한 일에서 부딪쳤다. 드라이를 하고 코드를 뽑지 않는다거나 머리를 감고 머리카락을 남겨둔 채 욕실을 나온다거나 밥 먹을 때 유난히 그릇 부딪치는 소리를 낸다거나 하는 별것 아닌, 그 전에는 아무 문제가 되지 않았던 일들에 대해 문제 삼기 시작한 것이다. 그런 날들이 두어 달쯤 이어졌을 때 정인이 더는 이렇게 살 수 없다고, 떠나겠다고 했다. 나는 정인에게 매달렸다. 하지만 정인은 매달리는 내 손을 뿌리치고 진눈깨비가 내리던 지난 이월 나를 떠났다. 내가 지금의 학교로 오기 전이었다.

서준이 우리 학급으로 배정된 것을 알았을 때는 난처했다. 정인과의 사이에 있던 자잘한 다툼들은 서준으로부터 비롯되었다고 믿고 있었다. 그래서 정인이 나를 떠난 데는 서준이 한몫했다고 여겼기 때문에 서준과 일 년 내내 얼굴을 마주할 자신이 없었다. 새로 부임한 내가 어찌할 수 있는 일은 아무것도 없었고 어쩔 수 없이 나는 그 상황을 받아들여야만 했다.

점심을 먹고 교실로 왔을 때는 청소 용역업체에서 나온 아주머니가 청소를 마치고 돌아간 뒤였다. 서준도 집으로 갔는지 보이지 않았다. 나는 안도했다. 서준과 실랑이하는 날은 진이 빠졌다. 오늘도 한바탕 실랑이가 벌어질지도 모른다고 걱정하고 있었는데 다행이었다. 학년 연구실로 가 회의를 마치고 가벼운 마음으로 교실로 돌아오니 서준이 내 책상 앞에서 서성거리고 있었다.

아직 안 갔어?

서준을 보자마자 목소리가 커졌다. 서준은 대답하지 않고 쏘아보는가 싶더니 이내 입꼬리를 씰룩거렸다.

아까 내준 숙제 검사를 못 했잖아요.

서준아, 제발!

그래서 도치가 좋아하는 간식은 뭔데요?

나는 한참을 생각하다가 귀뚜라미, 하고 대답했다. 언젠가

책에서 야생 고슴도치는 지렁이나 귀뚜라미 같은 작은 곤충들을 먹는다고 했던 것이 기억났다. 서준은 내가 못 맞힐 줄 알았다는 듯 땡, 틀렸어요, 하고 대꾸했다.

그럼 지렁이?

땡, 두 번 틀렸으니까 이제 한 번 남았어요.

서준은 이 상황을 꽤 즐기는 것처럼 보였다. 나는 서준을 끊어내듯 퀴즈의 연결 고리를 끊고 싶었으나 답을 말하지 않으면 서준은 더욱 귀찮게 굴며 졸졸 따라다닐 것이 분명했다.

메뚜기.

땡, 틀렸어요.

서준은 얼굴 가득 웃음을 띠었다. 정인과 함께 있을 때의 서준은 언제나 저런 얼굴을 하고 있었다. 아이다운 순진무구함이 물씬 풍기는 바로 그런 얼굴.

바로 이거예요.

서준이 등 뒤로 돌렸던 손을 내밀어 책상 위에 올려놓았다. 투명한 지퍼백 속에 벌레가 들어 있었다. 나는 소리를 지르며 지퍼백을 밀쳤다. 지퍼백이 벌어지면서 벌레들이 기어 나왔다. 서준이 너…… 정말 혼나 볼래?

내 고함 소리에 놀란 듯 제가 왜요? 이거 도치에게 줄 밀웜인데요, 하고 서준이 주눅 든 목소리로 말했다.

벌레라면 딱 질색이었다. 꿈틀거리는 것들, 물컹한 외피를 가진 것들, 발이 많은 길쭉한 것들. 할 수만 있다면 두 번 다시 깐죽대지 못하게 엄포를 놓고 싶었다. 불우한 처지를 방패 삼아 자신이 하고 싶은 대로 행동하면 안 된다고 서준을 쏘아보며 윽박지르고 싶었다. 관심을 끌려고 애쓴다거나 조금만 잘해주면 집착하고 자기 뜻대로 되지 않으면 사람을 난처하게 하는 너 같은 아이는 벌레만큼 딱 질색이라고 소리치고 싶었다. 하지만 나는 터져 나오려는 마음속 말들을 꾹꾹 눌렀다. 정인의 말처럼 나는 최소한의 윤리와 예의를 지켜야 하는 교사니까. 숨길 수 있는 감정은 최대한 숨기는 것이 삶을 유리하게 끌고 간다는 것쯤은 알고 있으니까.

  밀웜 도망가지 않게 빨리 주워.

  나는 서준에게 그렇게 말했을 뿐이었다.

  퇴근하고 돌아와 현관문을 열었을 때였다. 작은 악기를 두드리는 것 같은 경쾌한 리듬이 연속해서 들렸다. 살펴보니 화장실 문 옆에 있는 60센티미터 정도 되는 좁은 케이지 안을 도치가 뛰어다니고 있었다. 나는 케이지에 다가가 쭈그려 앉았다. 도치가 달리기를 멈추고 나를 쳐다보았다. 고슴도치 케이지에 손을 넣은 나는 도치 코앞으로 얼굴을 들이밀었다. 도치가 코를 씰룩거리며 냄새를 맡는 것 같더니 이내 킥, 소리를 내며 몸을 동그랗게 말았다. 톱밥 위에서 가시를 세운 도치는 낙엽 위에 떨어져 있는 밤송이 같았다. 지린내와 뒤섞인 누릿한 퇴비 냄새가 진동했다. 고슴도치는 냄새로 주인을 알아본다고 했는데 한 달이 넘었는데도 도치는 나에 대한 경계심을 풀지 않았다.

침대에 누운 지 한참이 지났는데 잠이 오지 않았다. 풀썩, 째깍째깍째깍째깍째깍, 풀썩. 타악기 두드리는 소리와는 달랐다. 나가 봐야 할까. 어설프게 움직였다간 뜬눈으로 밤을 새울지도 몰랐다. 나는 울타리를 뛰어넘는 양을 세기 시작했다. 양 한 마리 양 두 마리 양 세 마리 양 네 마리 양 다섯 마리 밀웜 여섯 마리 밀웜 일곱 마리. 지퍼백 속에는 수백 마리의 밀웜들이 서로 뒤엉켜 있었다. 사각사각사각. 딱딱하고 바삭한 껍질끼리 부딪는 소리를 내며 지퍼백에서 기어 나오는 밀웜을 세었다. 밀웜 스무 마리 밀웜 서른 마리. 밀웜이 침대 곳곳으로 스며들었다. 머리맡에도 이불 속에도 밀웜은 사각거리는 소리를 내며 기어다녔다.

눈을 떴을 때 침실 밖 어딘가에서 풀썩거리는 소리가 계속해서 들려왔다. 그제야 가방에 밀웜이 있다는 게 기억났다. 서랍에서 핀셋을 찾아들었다. 다행히 지퍼백에 든 밀웜은 움직임이 거의 없었다. 핀셋으로 지퍼백을 집어 들고 도치의 케이지로 갔다. 은신처 지붕으로 올라간 도치가 정글짐을 타듯 케이지 철망에 오른발과 왼발을 번갈아 가며 매달렸고 끝에 다다라서는 풀썩 소리를 내며 베딩 위로 떨어졌다.

특식 준비했는데, 먹어볼래?

지퍼백을 흔들며 말했으나 도치는 세운 가시를 풀지 않았다. 나무젓가락을 가져와 밀웜 한 마리를 집어 내밀었다. 밀웜은 젓가락 사이에서 심하게 요동쳤고 몇 번이나 몸을 반으로 꺾었다가 펴기를 반복했다. 나는 톱밥 베딩 위에 밀웜을 내려놓았다. 순식간에 베딩 속으로 숨어버린 밀웜을 찾아 도치가 코를 박았다. 도치의 까만 눈알 두 개가 베딩 위에서 반짝이는가 싶었을 때 아작, 하는 소리가 났다. 도치의 어금니 사이로 밀웜의 몸통이 으깨지는 게 보였다. 지퍼백에서 마지막 밀웜을 꺼내고서야 나는 뭔가가 잘못되었다는 것을 알았다. 분명 서준에게 일곱 마리를 받았는데 다섯 마리밖에 없었다. 아직 가방 속에 있을까. 아니면 집 안 어딘가를 누비고 다니는 걸까. 나는 가방과 침대 주변, 가방이 있었던 자리를 샅샅이 뒤졌다. 그러나 사라진 밀웜 두 마리는 끝내 보이지 않았다.

다시 침대에 누워 잠을 청하는데 벽을 갉는 듯한 소리가 들렸다. 귀를 쫑긋 세웠다. 그것은 딱딱한 껍질이 닿아 내는 소리였다. 불을 켜고 소리가 나는 쪽을 뒤졌지만 아무것도 눈에 띄지 않았다. 도저히 잠이 올 것 같지 않았는데…… 어쩐 일인지 눈꺼풀이 무거워 뜰 수가 없었다. 째각째각째각째각 풀썩, 사각사각사각. 어느새 화음처럼 소리들이 절묘하게 어우러졌다.

잠에서 깨니 침실 가득 햇살이 내리꽂히고 있었다. 정오를 훌쩍 넘긴 시계를 보며 허둥대다가 주말이라는 것을 깨닫고는 안심했다. 간밤의 일들이 떠올랐다. 밀웜 두 마리가 사라졌고 밤새 소리를 들었던 것을 기억해냈다. 케이지로 가 도치를 찾았으나 눈에 띄지 않았다. 은신처 안을 들여다보니 서준의 주먹만 한 도치가 간신히 보였다. 학교에서 서준을 보면 그때서야 도치에게 밥을 주지 않은 걸 상기하는 날도 있었다. 제대로 먹지 못하니 자라지 않았다. 그랬던 녀석이 어젯밤에는 무슨 힘이 남아돌아 뛰어다니고 정글짐을 탄 것일까.

사료를 꺼내 도치의 밥그릇에 담았다. 냄새를 맡자마자 코를 씰룩거리며 슬금슬금 밥그릇 앞으로 기어 나와야 하는데 꿈쩍하는 기미조차 보이지 않았다. 밥그릇을 은신처 앞으로 밀었으나 역시 아무런 반응이 없었다. 밀웜으로 배를 채웠다 하더라도 코조차 씰룩거리지 않는 게 불길했다. 나무젓가락을 가져와 도치를 슬쩍 밀었다. 도치는 파묻은 얼굴을 들지 않았다. 이번에는 좀 더 세게 건드렸다. 도치가 딱딱하게 느껴졌다.

제대로 관리를 받지 못한 도치는 말랐고 털에 윤기가 없긴 했지만 그게 갑자기 죽을 이유가 되지는 않았다. 지난밤만 하더라도 도치는 열심히 정글짐을 탔다. 밀웜 때문인가. 짚이는 건 그것밖에 없었다. 인터넷을 검색했다. 슈퍼 밀웜은 머리를 자르고 먹이로 주라는 글과 영상이 여럿 눈에 띄었다. 고슴도치에게 밀웜을 먹이는 동영상 하나를 클릭했다. 나무젓가락으로 몸통을 잡고 가위로 머리를 싹둑 자르자 밀웜은 화면 밖까지 전해질 정도로 머리가 없는 몸통을 이리저리로 꺾었다. 꿈틀거림이 너무나 생생해서 급하게 영상을 닫았다. 도치에게 먹인 건 슈퍼 밀웜일까 일반 밀웜일까. 그것이 슈퍼 밀웜이었든 아니었든 상관없이 이미 돌이킬 수 없는 일이라는 데 생각이 미쳤다. 도치의 죽음을 어떻게든 수습해야 했다. 나는 인터넷을 한참이나 뒤지다 죽은 도치와 닮은 고슴도치가 있는 쥰펫이라는 애완동물 가게를 찾아냈다.

쥰펫에 들어서자 휴대폰을 보고 있던 젊은 남자가 고개를 들었다. 나는 고슴도치 케이지를 들여다보다 손가락으로 한 녀석을 가리켰다. 남자가 손 위에 녀석을 올려놓았다. 핸들링이 잘 되는 것으로 보아 경계심이 많지 않아 보였다. 까만 눈을 빛내며 코를 킁킁거리는 녀석은 식별이 어려울 정도로 도치와 닮았지만 자세히 보면 몸이 약간 컸고 토실토실했으며 털에 윤기가 났다. 가방에서 꺼낸 상자를 남자 앞으로 내밀었다.

이걸 처리해줄 수 있어요?

상자를 들여다보던 남자는 자신은 아르바이트생이라 이런 문제를 해결할 수 없다고 했다. 나는 고슴도치 분양비에 값을 조금 더 얹어줄 테니 죽은 고슴도치를 받아달라고 부탁했다.

알바는 난처한 얼굴로 잠깐만 기다려보라며 어딘가로 전화를 걸었다. 그때 출입문을 밀고 서준이 들어왔다. 잘못 본 게 아니었다. 나는 잘못을 들킨 학생처럼 허둥대다 여긴 어쩐 일이냐고 물었다.

여기 우리 할머니 가겐데요.

그제야 서준의 뒤에 서 있는 할머니가 보였다. 가게 이름을 보았을 때 왜 서준을 떠올리지 못했던 것일까. 할머니가 내게 인사를 하고 나서 전화했었느냐고 알바를 보며 물었다. 알바가 죽은 도치가 든 상자를 할머니 앞으로 내밀었다. 나는 잽싸게 상자를 내 쪽으로 끌어당겼다. 알바는 할머니와 얘기를 나눠보라며 종량제 봉지를 들고 바깥으로 나갔다.

아, 그게…… 수의사 친구한테 부탁하면 되는데 깜빡했어요.

나는 과장되게 목소리를 높였다. 그때 서준이 내게 바짝 다가오며 선생님, 그거 뭐예요? 하고 묻더니 내 손에 들린 상자를 낚아채듯 빼앗아 갔다. 나는 서준에게서 상자를 도로 빼앗아 가방에 넣었다.

분양받으려고요.

테이블에 놓인 고슴도치 케이지를 들여다보는 할머니에게 나는 어색하게 웃어 보였다. 쓰레기를 버리고 온 알바는 근무 시간이 끝났는지 할머니와 교대를 하고 가게를 나갔다. 할머니가 고슴도치를 갑 티슈 크기의 상자에 담아 건넸다. 고슴도치 분양비를 받지 않겠다는 할머니에게 나는 김영란법을 들먹이며 값을 지불했다.

가게를 나서는데 서준이 따라 나와 입술을 씰룩거렸다.

정인 쌤한테는 연락해봤어요?

아주 멀리 가 있어서 연락이 안 된다고 했잖아.

아주 먼 데가 어딘데요?

아프리카 튀니지라는 나라라고 아무렇게나 말했다. 정인이 지금 어디에 있는지 나는 알지 못한다. 동물보호단체에서 하는 자원봉사단을 따라 떠날 거라는, 그곳은 아주 먼 곳일 거라는 그녀의 말을 기억할 뿐이었다.

어제 할머니랑 동물병원 갔다가 정인 쌤 봤는데요. 동물의 왕국에 있던 다른 수의사 선생님하고 같이 있었어요.

다른 수의사 선생님이라니. 연우 쌤을 말하는 것일까. 서준은 대체 어느 동물병원에서 정인을 봤다는 것일까.

아프리카에 있는 정인 쌤을 네가 어떻게 보니? 거짓말하는 건 나쁜 거야.

나는 눈을 크게 떠 서준을 보았다. 그럴 경우 대개의 아이들은 겁을 먹지만 서준은 내 눈을 똑바로 보았다. 나는 서둘러 걸음을 옮겼다. 내 걸음에 맞춰 고슴도치 상자가 흔들렸다. 상가가 끝나는 지점에서 길을 꺾어 골목으로 접어들었다. 골목은 학교로 이어지는 샛길이었고 집으로 가려면 샛길에서 두 블록을 더 걸어가야 했다. 쭌펫에서 제법 멀어졌는데도 서준은 계속 따라왔다.

어디까지 따라올 건데?

서준을 만나는 바람에 도치를 처리하지 못했다. 이대로 가다간 죽은 짐승을 다시 집으로 끌고 들어가야 할 판이었다. 서준은 대답 없이 나를 노려보았다. 서준이 상자에 눈을 들이댄 건 일이 초 정도의 짧은 시간이었다. 만약 서준이 보았다면 벌써 나불대면서 이거 도치 아니냐고 어떡하다가 도치가 죽었느냐고 정인 쌤에게 주어야 하는데 이제 어떡할 거냐고, 시끄럽게 떠들어댔을 것이다. 그런 생각에 빠져 고개를 들어보니 나는 어느새 학교 담장 앞에 서 있었다. 서준이 내게 다가와 방금 분양받은 고슴도치를 가리키며 쟤 이름이 뭔 줄 알아요? 하고 물었다.

쟤 이름이라니?

방금 분양받았기에 나는 시간을 갖고 신중하게 고슴도치 이름을 지을 생각이었다.

고슴이.

고슴이가 아니고 고슴도치.

나는 서준의 말을 정정해주었다. 서준이 씩 웃음을 흘리며 고슴이가 쟤 원래 이름인데요, 하고 말했다.

그런 게 어딨니. 이제부터 얘 주인은 나니까 내가 새로 이름

지어줄 거야. 그런 유치한 이름 말고 좋은 이름으로.

고슴이는 도치의 쌍둥이 형인데 뭐라고 지을 건데요?

서준에게 놀아난 기분이었다. 고슴과 도치. 그래서 쌍둥이처럼 닮은 것이었다. 바짝 약이 올랐다. 이 모든 일들, 그러니까 정인이 나를 떠난 것, 그리고 도치가 죽은 것, 밀웜 두 마리를 놓친 것과 같은 일들이 모두 서준으로부터 비롯된 것만 같았다. 정말이지 나는 밀웜을 놓친 것 때문에 촉각을 곤두세우고 있어야 할 판이었다. 나는 서준에게 상처를 주고 싶었다. 가방에서 도치가 든 상자를 꺼내 보란 듯이 서준의 발 앞으로 던졌다.

열어봐.

서준은 굳은 얼굴로 나와 상자를 번갈아 노려볼 뿐이었다.

궁금하지 않아? 열어보래도.

나는 서준을 다그쳤다. 서준이 코를 씰룩거리더니 손등으로 눈가를 훔쳤다. 그러고는 도치가 든 상자를 주워 들더니 내 손에 있던 고슴이 케이지를 낚아챘다. 나는 서준의 그런 행동들이 이해되지 않아 왜 그러느냐고 소리쳤다.

선생님은 사람 마음도 모르고 부끄러움도 모르는 거예요? 아휴, 구제불능이야 구제불능! 선생님은 정말 구제불능이라고요!

구제불능? 너 그게 무슨 뜻인지는 알고 하는 소리야?

아무것도 모르면서 어디서 주워들은 소리를 흉내 내는 것이겠지. 나는 그렇게 믿고 싶었다.

선생님은 바보 멍청이 똥개예요.

서준이 너 이리와 봐. 누가 선생님한테 그런 말 하랬니?

아이씨. 몰라요.

서준이 옷소매로 눈가를 훔치더니 고슴이와 도치가 든 상자를 들고 달려갔다. 당장 이리로 오라고 소리치는 내 목소리를 듣지 못한 것처럼 서준은 돌아보지 않았다. 바보 멍청이 똥개라니. 서준이야말로 구제불능이지. 가정교육이 제대로 안 됐어. 나는 멀어지는 서준을 보며 쯧쯧 혀를 차면서도 차라리 잘된 일이라고 자위했다. 도치의 주검을 처리하지 않아도, 고슴이를 기르지 않아도 될 것이라고. 그뿐인가. 서준이는 이제 더는 나를 따라다니며 귀찮게 종알거리지 않겠지. 그런 생각에도 불구하고 마음은 이루 말할 수 없을 만큼 허전했다. 나도 모르는 사이 다시 뭔가를 놓친 기분이었다. 그때였다. 딱딱하고 바삭한 껍질끼리 부딪는 소리가 났다. 나는 끝내 찾지 못한 밀웜 두 마리를 떠올렸고 그 소리가 내 양심에 붙어 오랫동안 나를 따라다닐 것만 같다는 생각을 했다.

남태평양에는 쿠로마구로가 산다

쿠로마구로 떼가 몰려올 때면 말이다.
 아버지의 말이 머릿속에서 빙글빙글 맴돌았다. 쿠로마구로 떼가 몰려올 때면 말이다, 가슴에서 북을 두드리는 소리가 나는 거야. 며칠 전 여행을 가자던 할머니의 말 때문일 것이다. 나는 몇 번이나 자다가 깨어나 아버지의 말을 떠올렸다. 채 끝맺지 못한 아버지의 말은 불쑥불쑥 살아나 그물에 걸린 참치 떼처럼 와르르 쏟아져 내렸다. 정말로 어디선가 북을 두드리는 소리가 나는 것 같았다.
 이십대 초반부터 바다를 떠돌았다는 아버지가 쿠로마구로를 운운할 때마다 나는 구루마라는 단어를 떠올렸다. 수십 대의 구루마가 굴러서 우르르 몰려오는 상상을 떨쳐버릴 수가 없었다. 구루마는 발동기를 단 작은 배의 통통거리는 소리를 내기도 했고 쉴 새 없이 두드리는 작은북의 울림을 만들기도 했다. 바퀴가 두 개뿐인 구루마는 날렵한 물고기 같았다.

할머니와 엄마는 길거리에 좌판을 벌이고 생선이나 조개 같은 해산물을 팔았다. 할머니가 해산물을 팔고 있는 동안 엄마는 생선 상자를 구루마에 실어오기도 했고 생선 배달을 하기도 했다. 엄마의 구루마는 사람들 사이를 재빠르게 헤집고 다녔다. 사람들로 북적대는 시장통에서 구루마는 수초를 피해 다니는 물고기처럼 날렵하고 민첩하게 퍼덕댔다.

쿠로마구로는 흔히 참치라고 알려져 있는 참다랑어 종을 일컫는 일본말이라고 했다. 그것을 알고 나서도 쿠로마구로는 여전히 구루마처럼 여겨졌다.

내가 '구루마'라는 단어를 내뱉을 때마다 친구들은 할머니 같다며 '틀딱'이라고 놀렸다. 태어날 때부터 할머니와 살았으니 그런 단어를 쓰는 것은 어쩌면 당연한 일이었다. 그래서 나는 '틀딱'이 되지 않기 위해 애쓰지 않았고 가끔은 일부러 할머니처럼 굴기도 했다.

우리는 거의 십 년째 상가 건물 삼층에 세를 얻어 살고 있었다. 얼마 전 일층에 아이스크림 무인점포가 들어왔고 이층은 사 년째 미용실이었다. 한밤중에 밖에서 올려다보면 24시간

불을 켜둔 아이스크림 가게가 우리 집을 떠받치고 있는 것처럼 보였다. 큰길을 마주하고 있는 집은 가로등과 차들이 쏟아내는 불빛을 피할 수 없었고 거기에 경적 소리까지 더해져 숙면을 방해받기 일쑤였다.

경적 소리에 잠에서 깬 나는 한쪽 눈을 찡그린 채 다른 쪽 눈을 살짝 치켜떴다. 칼날처럼 날카로운 불빛이 창을 넘어 들어왔다. 시계를 보니 두시를 막 넘긴 시간이었다. 다시 눈을 감으려는 순간 누군가 앞에 서 있다는 것을 깨달았다. 미간에 힘을 주었다. 누구일 리가 없었다. 또 가위에 눌린 건가, 생각하며 옆을 돌아다보았다. 할머니와 엄마가 코를 골며 잠들어 있었다. 그러니 누가 와서 이 자리에 서 있을 턱이 없었다. 나는 몸을 뒤척이며 다시 잠들려고 애썼다. 그러다 남자와 문득 눈이 마주쳤다. 남자는 군청색 점퍼를 걸치고 있었는데 옷 색깔 때문인지 입술마저 새파랬다. 꿈이라고 생각했지만 남자에게 말을 걸지 않을 수 없었다. 누구세요? 작은 몸피에 등이 둥글게 굽은 남자는 오십은 넘어 보였다. 딱히 떠오르는 얼굴이 아니었는데 낯설지도 않았다. 뭔가 아주 익숙한 느낌이 그 사람에게서 풍겨 나왔다. 가위에 눌린 것이라 하더라도 모르는 척 눈을 감고 가만히 누워 있을 수 없어 "잠깐 앉으실래요?" 하고 잠긴 목소리로 말했다. 남자는 말을 걸어준 것이 반갑기라도 한 듯 굳은 얼굴을 조금 폈다. 그리고 입을 뗐다.

춥구나, 추워.

남자는 정말이지 추워 보였다. 새파란 입술과 잔뜩 웅크리고 있는 몸, 어디서 비라도 맞은 것처럼 머리칼은 물기가 맺혀 축축했다. 말을 하는 남자의 입에서는 놀랍도록 허연 입김이 뿜어져 나왔다. 남자는 뜨거운 차 한 잔을 마실 수 있는지 넌지시 물었다. 나는 머뭇거리며 자리에서 일어났다. 부엌으로 나가다 말고 뒤돌아보았다. 할머니와 엄마는 번갈아가며 코를 골아대고 있었다.

남자를 따라 나오라고 해야 할지 그대로 방에 있으라고 해야 할지 알 수가 없었다. 커피포트에 물을 붓고 전원 스위치를 눌렀다. 커피포트에 주황색 불이 들어왔다. 무슨 차를 마실 거냐고 물어보려고 몸을 돌리다가 움찔 뒤로 물러났다. 아무런 기척을 느끼지 못했는데 남자가 등 뒤에 서 있었다.

유자차 어떠세요?

나는 여전히 잠긴 목소리로 물었고 남자는 기다렸다는 듯 크게 고개를 끄덕였다. 김이 모락모락 올라오는 커피포트를 보고 있으려니 아직까지도 꿈을 꾸고 있는 것만 같았다.

지금 제가 꿈을 꾸고 있는 건 아니겠죠?

남자는 식탁 앞에 서서 고개를 돌려 나를 보았다. 팔자 주름이 선명해서 우울해 보이기도 했다. 남자는 나와 식탁을 번갈아 둘러보고 나더니 입을 열었다.

아닐 것이다. 아마도.

남자의 목소리는 조용했고 부드러웠다. 입에서는 찬 입김이 뿜어져 나오고 있는데도 어투는 따뜻하게 느껴졌다. 남자는 앉으라고 권하지도 않았는데 식탁 의자에 앉아 커피포트 앞에 서 있는 나를 조심스럽게 살폈다. 아무런 그림이 그려져 있지 않은 밋밋한 모양의 머그컵에 유자차를 덜었다. 막 잠에서 깨어난 터라 차를 마시고 싶지 않았지만, 남자 혼자 멀뚱히 차를 마시게 둘 수는 없었다. 붉은 꽃잎이 엉성하게 그려진 머그컵 하나를 더 꺼내 유자차를 덜었다. 시고 향긋한 유자청의 향이 코끝에 맴돌았다. 뜨거운 물을 붓고 저었다. 남자에게 맨송맨송한 모양의 머그컵을 내밀었다. 남자가 고개를 저었다.

저 찻잔으로 마시고 싶구나.

남자가 검지를 들어 꽃잎이 그려진 찻잔을 가리켰다. 나는 앞에 놓여 있던 머그컵을 남자에게 내밀었다. 그리고 남자 앞으로 내밀었던 머그컵을 내 쪽으로 끌어당겼다.

초등학생 때 도자기 체험 학습을 가서 만든 컵이에요. 그래서 좀 엉망이에요.

부끄러웠다. 밑바닥에 내 이름까지 적혀 있는 컵은 조잡했다. "이제 좀 버리지." 내가 말하면 "우리 딸이 만든 귀한 컵을 버리긴 왜 버려." 엄마가 대꾸했다. "이건 네 전용 컵이야, 근데 참 그림 솜씨가 없긴 하네." 엄마는 큰 소리로 웃으며 말했고 "애가 지금 뭐라는 겨, 국민학생이 이 정도 그리면 됐지, 화가가 될 것도 아니구먼." 할머니는 엄마에게 눈을 흘겼다.

남자는 컵의 엉겨 있는 꽃잎에 눈을 두며 고개를 끄덕였다. 남자가 동의하는 것이 '내가 직접 만든 컵'이라는 말에서인지 '그래서 그림이 엉망'이라는 말에서인지 알 수가 없었다.

남자는 차를 마시지 않고 들여다보고만 있었다. 나는 남자와 눈이 마주친 바로 그 순간부터 궁금했던 물음을 던졌다.

근데 아저씨는 누구…… 세요?

꼭 알고 넘어가야 할 일이었으나 조심스럽기도 했다. 나는 무례해 보이지 않기 위해 목소리를 낮췄고 말꼬리를 슬쩍 눙쳤다. 남자의 얼굴에 웃음이 피어올랐다.

혹시, 저를 아세요?

남자는 희미하게 미소를 띤 채로 그렇다거나 그렇지 않다는 어떠한 내색도 없이 그저 물끄러미 내 쪽을 건너다보았다. 경계심 같은 것은 처음부터 일지 않았지만 왠지 편안하게까지 느껴졌다. 덥수룩한 머리칼이며 까만 피부색이 남자를 촌스러운 사람으로 보이게 했다. 아래로 처진 눈꼬리는 다른 누군가에게 절대 해 같은 것은 끼쳐본 적이 없는 선량한 사람이라는 인상을 풍기기에 충분했다. 엄마는 아버지가 그런 사람이었다고 했다. "딱 한 번. 그 한 번만 빼고는 누구한테도 해를 끼친 적이 없었지." 그런 말을 할 때의 엄마의 광대뼈는 조금 실룩거렸고 입꼬리는 올라갔다 내려갔다 했는데 무언가를 자랑스러워할 때 짓는 표정이라는 것을 나는 잘 알고 있었다. "암, 누구한테도 해를 끼친 적이 없고말고." 엄마가 생각에 잠긴 듯 눈을 감으면 할머니가 냉큼 끼어들었다. "내 아들인께 나가 더 잘 알고말고." 아버지 얘기만 나오면 할머니는 으스대곤 했다. "딱, 참말로 딱, 한 번만 빼면 말이여." 할머니는 엄마의 얼굴을 흘깃 넘겨다보며 딱, 한 번이라고 강조하며 말을 맺었다. 엄마와 할머니의 그런 말 때문인지 나는 그를 보며 아버지를 떠올렸다. 남자가 내 기억 속의 아버지와 똑같지는 않았다. 하지만 시간이 흐르면 사람의 얼굴은 얼마든지 변할 수 있었다. 아버지가 살아 있다면 저런 얼굴을 하고 있을 거라는 생각이 들었다.

남자가 찻잔을 입에 가져가며 고개를 숙였는데 군데군데 섞인 흰 머리카락이 불빛에 희끗희끗했다. 남자의 머리는 냉장고에 들어 있는 멸치볶음처럼 보였다. 나는 터져 나오려는 웃음을 참으려고 남자의 잔을 넘겨다보았다. 벌써 식어버린 것인지 김이 올라오지 않았다.

뜨거운 물을 더 부어드릴까요?

내 잔에서는 아직도 뜨거운 김이 펄펄 올라오고 있었다. 남자의 잔이 먼저 식을 이유는 딱히 없었으나 세상 일이 자로 잰 듯 딱딱 떨어지지는 않는다고 엄마는 늘 말하지 않았던가. 아버지의 경우만 봐도 그렇다고 했다. 아버지가 그렇게 감쪽같이 사라져버리리라고는 단 한 번도 생각해본 적이 없다고. 그 일은 아직까지도 맞추지 못한 퍼즐의 한 조각이라고 했다. 어디에 끼워야 하는지 알지 못하는 퍼즐 조각이 아니라 다른 그림판에서 떼어온, 비슷한 모양의 퍼즐 조각을 들고 있는 것처럼, 절대 맞을 리가 없는 한 조각의 퍼즐이라고. 쿠로마구로가 몰려올 때면 말이다, 라는 아버지의 말이 내게는 손에 들고 있는 한 조각의 퍼즐이었다. 아버지가 사라진 이유가 그 말 속에 숨어 있을 것이라고 여겼지만 어떻게 해도 맞춰지지가 않았다.

나는 커피포트 물을 다시 남자의 찻잔에 부었다. 김이 모락모락 올라왔다.

부엌 불을 켜지 않았지만 가로등이 부엌 창 언저리에 고개를 내밀고 있어서 웬만한 것들은 흐릿하게나마 다 보였다. 상가 건물에 세를 들어 살고 있는 우리 집은 지나가는 차들이 뿜어내는 헤드라이트 불빛 때문에 어둠에 잠긴 적이 없었다. 차가 지나갈 때마다 불빛이 한꺼번에 남자의 얼굴로 쏟아졌다.

빛에 익숙해지지가 않네.

남자는 쑥스러워하며 머리를 긁적였다.

무슨 일로 오셨어요?

나는 남자에게 물었고, 남자는 선뜻 대답하지 못하고 "무슨 일이라……" 하고는 내 말을 한참이나 곱씹었다. 내 질문에 서운했던 것인지 아니면 자신도 무슨 일로 이곳에 왔는지 몰라서 그랬는지는 알 수 없었다.

향이 참 좋다. 얼마만인지 모르겠어.

화제를 바꾸기라도 하려는 듯 남자가 말했다. 얼마만인지 모르겠다는 남자의 말을 나는 곱씹었다. 유자 향을 오랜만에 맡아본다는 말 같기도 했고 우리 집에 오랜만에 찾아왔다는 말 같기도 했다. 그러나 후자일 가능성은 희박했다.

외할머니가 직접 만들어 보내온 거예요.

외할머니는 해마다 유자차를 만들어 박스째 보내왔다. 외삼촌을 따라 도시로 나갔던 외할머니는 몇 년을 버티지 못하고 우리가 살았던 남해의 그 바닷가 마을로 돌아왔는데 공교롭게도 외할머니와 우리는 집을 번갈아 쓴 셈이 되었다. 남쪽의 따뜻한 바닷바람을 맞고 자라서인지 그곳의 유자 향이 다른 곳보다 진하고 좋다는 말을 외할머니는 빼먹지 않았다. "사방천지가 유자 밭 아이가. 느그도 알제. 요는 유자가 천지 빼까리다. 딴 거는 몬 보태줘도 유자는 느그 묵을 만치는 줄 수 안 있겠나." 그런 것까지 보낼 필요 없다는 엄마의 말에 외할머니는 그렇게 대꾸하며 유자차를 보냈을 것이었다. 엄마 옆에 앉은 할머니는 엄마의 허벅지를 꼬집었다. 그리고 엄마가 휴대전화를 내려놓으면 대뜸, 어른이 해서 준다고 하는데 거절하는 것도 경우가 아니라고 엄마에게 눈을 흘겼다.

남자가 머그잔에 손을 대자 모락모락 올라오던 김이 금세 사라져버렸다.

아저씨 몸이 너무 찬 거는 아닌지 모르겠어요.

걱정이 되었다. 남자가 머그잔에서 손을 떼고 나를 물끄러미 쳐다보았다.

바깥에 너무 오래 계셨나 봐요.

가로등 불빛에 비친 남자의 얼굴은 파랗게 질려 있었다. 날씨에 비해 지나치게 얇게 입은 옷 때문일 것이다.

남자는 내게 몇 살이냐고 물었고, 나는 스무 살이지만 이틀만 지나면 스물한 살이 된다고 했다. 나이가 벌써 그렇게 되었느냐고 말하며 남자가 나를 건너다보았는데 그 눈빛이 나를 뚫고 지나가는 것처럼 느껴졌다. 이상한 경험이었다. 잠깐이었지만 남자의 얼굴에 드리우던 어두운 그림자를 나는 놓치지 않았다. 이 새벽에 느닷없이 나를 찾아온 사람이었다. 특별한 사연이 없다면 가능할 것 같지 않은 일이었다. 나를 아느냐고 나는 남자에게 다시 물었다. 남자가 고개를 내저었다. 그러고는 아는 사람 같기도 하고 모르는 사람 같기도 하다는 알쏭달쏭한 얘기를 했다. 낯설지는 않은데 자신이 생각한 것과 조금씩 어긋나 있다고. 나는 무엇이 그러냐고 물었고 그는 내가 그렇다고 말했다. 내가 꼭 자신의 딸 같은 느낌이 드는데 나이가 맞지 않고 생김새가 닮은 듯 보이지만 자세히 보면 조금 다르다고 했다. 특히 코의 선이 다르다고 했다. 자신의 딸은 콧대가 없고 코끝이 뭉툭한데 나는 그렇지 않다는 것이었다. 그러면서 혹시 내게 코 성형을 한 적은 없는지 조심스럽게 물었고 나는 고개를 내저었다.

내 딸아이는 열네 살이었는데 이상하게도 네가 내 딸처럼 느껴지는구나.

남자는 두 손으로 얼굴을 감싸 쥐더니 몇 번이나 쓸어내렸다. 그래서인지 눈에 핏발이 서서 빨갰는데 무언가를 몹시 아쉬워하고 있다는 생각이 들었다.

네가 내 딸이 아니라면 내가 여기 올 이유가 없지 않느냐?

나 역시 그렇게 생각했다. 아무 연관도 없는 사람을 찾아 어려운 발걸음을 할 이유가 없을 것이었다. 남자는 자신도 알지 못하는 혼란에 빠진 것처럼 보였으나 나는 남자가 무엇을 아쉬워하고 혼란스러워하는지 가늠이 되지 않았다. 내가 열네 살이 아닌 것을 아쉬워하는 것 같기도 했고 자신의 딸과 닮아 자신의 딸처럼 여겨지는 것을 아쉬워하는 것처럼도 보였다. 남자가 고개를 찻잔으로 들이밀었다.

향이 좋구나.

무엇인가를 애써 기억하려는 말처럼 느껴졌다.

외할머니가 보내준 유자차에서만 맡을 수 있는 향이에요. 다른 유자차는 이런 향을 내지 못한다고 그랬어요.

남자가 고개를 주억거렸다.

이상해요. 아저씨한테 드린 차는 자꾸 금방 식어요. 제 잔에서는 아직도 김이 올라오고 있는데……
나는 가벼운 농담을 던지듯 말했으나 남자의 얼굴이 눈에 띄게 어두워졌다. 눈꼬리는 더 심하게 내려갔고 미간 사이에 도도록이 푸른 실핏줄이 솟아올랐다.
이상할 테지. 이상하고말고. 아무렴.
남자는 다시 두 손으로 얼굴을 감싸 쥐었고 몇 번이나 얼굴을 쓸어내렸다. 그리고 찻잔을 들었다가 내려놓았고 다시 들었다가 내려놓았으나 유자차는 조금도 줄어들지 않았다. 나는 잠시 멍해졌다.
식탁에 마주 앉는 순간 나는 남자에게 친근함을 느꼈고 그가 나에게 아무런 해도 끼치지 않으리라는 것을 알 수 있었다. 어쩌면 나는 처음부터 그가 이곳 사람이 아니라는 것을 알았던 것인지도 몰랐다. 지나치게 파리한 얼굴빛과 때에 맞지 않게 입은 옷은 그만두고서라도 내 앞에 나타나 갑자기 서 있던 것부터가 이상하지 않은가. 차라리 그 편이 나을지도 모르겠다는 생각마저 들었다. 산 사람이 해를 끼치지 죽은 사람이 해를 끼치지는 않을 것이다. 나는 엄지손톱을 물어뜯다가 남자에게 불쑥 물었다.
제가 지금 꿈을 꾸고 있는 건 아니겠죠?
남자는 그저 나를 물끄러미 볼 뿐이었다. 나는 식탁 아래 손을 내리고 왼쪽 손등을 꼬집었다. 따끔한 감각이 느껴졌다. 꿈이 아니라면 그가 내 앞에 나타났을 때는 그럴 만한 이유가 있어야 했다. 이 세상 사람이 아니니 한밤중에 찾아오는 것이 대낮에 찾아오는 것보다 그럴싸하다고는 쳐도 굳이 우리 집을 혹은 나를 찾아올 이유는?

혹시 제 아버지세요?

머뭇대며 남자에게 물었고 남자는 잘 모르겠다며 고개를 내저었다. 기억이 나지 않는다고 했다. 분명한 것은 자신의 딸은 열네 살이었다고만 했다. 그런데도 내가 자꾸 남자의 딸처럼 느껴진다는 것이었다.

아저씨한테서도 비릿한 바다 냄새가 나요, 우리 아버지처럼요.

남자는 코를 킁킁대기라도 하는 듯 자신의 오른팔 쪽으로 고개를 들이밀었다. 고개를 숙이자 남자의 머리통이 훤히 보였는데 불빛 때문인지 조금 전보다 더욱 희끗희끗했다.

나한테서 그런 냄새가 난다고?

목소리는 여전히 조용했고 느렸으며 그래서 침울하게 들렸지만 남자의 표정만은 생기를 띠기 시작했다. 자신한테서 바다 냄새가 난다는 생각을 스스로도 자주 한다는 것이었다. 그런 점으로 미루어보아 자신은 어쩌면 바닷일을 하던 사람이었는지도 모르겠다고 했다. 바다 냄새가 익숙할 뿐만 아니라 바다만 생각해도 가슴이 아릴 정도로 그립다는 것이었다. 그런데 모든 기억은 흐릿하기만 할 뿐이라고. 점점 기억이 흐려지는 것으로 보아 자신이 이 세상을 떠난 지 오래된 것 같다고도 했다. 그러면서 이번이 이 세상으로 올 수 있는 마지막 기회였는지도 모르겠다는 말을 덧붙였다. 하지만 자신이 지금 왜 이 자리에 서 있는지는 알 수가 없다는 것이었다. 남자가 아버지일지도 모른다는 생각이 들었다. 나는 남자의 기억을 되살리고 싶었다. 나는 방으로 들어가 커다란 참치 사진을 들고 나와 남자에게 보여주었다.

이게 뭔 줄 알아요?

나는 남자의 코 밑까지 사진을 들이밀었다. 드라이아이스를 쐬고 있는 것처럼 손등이 서늘했다. 남자는 사진을 한참이나 들여다보았다. 그러고는 물고기이지 않느냐, 라고 말했다. 물고기이긴 하지만 이것의 이름을 맞혀보라고 재촉했고 남자는 한참을 머뭇거리다가 청어, 라고 말했다. 생각나는 다른 이름은 없느냐고 물었고 그는 다시 한참을 생각하는 듯하더니 얼굴에 웃음을 띠며 이번에는 내 말의 의도를 알아챘다는 듯 참치군, 하고 대답했다. 나는 고개를 저었다.

음, 쿠로마구로군. 하지만 보통 사람들은 이 말을 잘 몰라.

남자는 정답이 아닌 줄 알면서 그저 던져본다는 투로 말했다.

딩동댕. 정답은 쿠로마구로양이었습니다.

나는 짐짓 장난을 섞어 말했고 남자는 무슨 말이냐는 듯 눈을 동그랗게 뜨고 나를 쳐다보았다.

쿠로마구로가 맞다고요.

내 말에 남자는 눈가에 잔주름을 크게 만들며 웃었다. 나는 남자의 웃는 모습이 퍽 마음에 들었다.

내가 쿠로마구로군, 하고 말해서 쿠로마구로양, 이라고 말한 건가?

나는 그렇다는 표시로 고개를 끄덕였다.

내가 유머 감각이 좀 없어. 하지만 이건 아재 개그잖아.

남자는 머리를 긁적이며 입꼬리를 계속해서 올리고 있었다.

쿠로마구로는 아버지가 즐겨 쓰던 말이었다. 원양어선을 타던 아버지는 일 년에 한두 번씩 집으로 돌아왔다. 그런 아버지가 내게는 언제나 예의를 잘 지켜야 하는 손님 같았다. 공손히 말했고 떼 같은 것을 써본 적이 없었다. 아버지가 더 이상 집으로 오지 않게 되었을 때, 무례하게 굴지 못했던 것을 처음으로 후회했다. 바다에서 돌아온 아버지는 무릎에 나를 앉히고서 이야기를 들려주었다. 남태평양의 어느 바다에 관한 것이었다. 바다가 쏟아내는 무수한 빛깔들에 대해서, 열대의 자연과 색색의 물고기들이 출렁이는 바다에 대해 말할 때의 아버지 눈빛은 이미 먼 곳을 향하고 있었다. "바다에도 명암이 교차할 때가 있다. 무슨 말인지 알겠냐?" 풍선을 쥔 아이같이 들뜬, 아버지의 목소리를 들었다. "살아 있는 동안 단 일 초도 쉬지 않고 헤엄을 치는 물고기도 있단다." 쉬지 않고 헤엄을 친다는 그 물고기가 상상이 되지 않았다. "남태평양의 바다는 셀 수 없을 정도로 많은 색깔을 가지고 있지. 그런 곳으로 쿠로마구로 떼가 몰려올 때면 말이다, 하하하, 하하하하……" 웃음소리는 메아리처럼 이어졌다. 아버지는 말을 다 끝맺지도 못하겠다는 듯이 웃고 또 웃었는데 그럴 때면 부챗살 같은 눈가의 주름이 아버지 얼굴을 덮었다. 나는 아버지가 채 끝맺지도 못한 말들을 만들어 해보곤 했다. "그런 곳으로 쿠로마구로 떼가 몰려올 때면 말이다, 그림이 엉망이 되어버리지. 아니 환상적인 그림이 되지."

아버지가 떠나고 남해의 바닷가 마을에 살면서 나는 아버지의 말들을 내내 기억해내었다. 그것은 의도적이었으며 또한 내게는 그것이 아버지였다. 아버지는 그 말과 남태평양의 색채로 살아서 내 가슴속을 유영했다. 바닷가 마을에 살면서 나는 아버지가 못다 한 말들을 상상하고 또 상상했다. 나는 그것들을 '아버지의 쿠로마구로'라고 이름 붙였다.

한 번도 본 적이 없는 쿠로마구로 떼가 새벽 햇살 속에서 은빛 비늘을 번뜩인다. 바다는 떼를 지어 다니는 그것들을 고스란히 받아준다. 햇살을 받은 청록색의 바다에 분홍과 다홍빛이 스며들기 시작한다. 야자수가 흔들리고 있다. 나는 수천수만 마리의 쿠로마구로 떼를 만난다. 쿠로마구로 떼들이 내게 말을 걸어온다. 왜 우리를 만나러 오는 거지? 우리들이 어디에 있는지는 알아? 우리는 모였다가 흩어지고 흩어졌다가는 모여. 그런 곳으로 쿠로마구로 떼가 몰려올 때면 말이다, 집이 그리워지는 거야. 아버지의 쿠로마구로다. 아버지도 집이 그리웠던 적이 있을까. 모든 것이 운명이라던 할머니는 가슴속에 아버지를 묻어왔던 것일까. 운맹이란 것이 앙탈을 부린다고 달라지는 것이 아니여. 그러니께 순종하면서 살아야제. 안 그냐? 할머니의 목소리에 화들짝 놀라며 몸을 곤추세워 다시 앉았다.

쿠로마구로 떼가 몰려올 때면 말이다, 하고 나는 얼굴 근육까지 썰룩이면서 과장되게 목소리를 높였다.

혹시 이 말 기억하세요?

나는 마음이 조급해졌다. 남자가 이 말을 꼭 기억해주길 바랐다. 그러나 남자는 천천히 고개를 내저었다.

새벽 햇살을 가르며 바다 한가운데로 나아가는 배 말이야, 발동기를 단 작은 그런 배. 꼭 그런 배에서 나는 소리 같은 것이 들려오는 거예요.

나는 머릿속을 기웃거리는 말들을 낮은 소리로 읊조렸다. 남자가 놀란 듯 고개를 빼고 나를 쳐다보았다. 관심을 보인 것이다. 그래서 나는 새벽빛을 가르며 바다 한가운데로 나아가는 배의 모습을 떠올려보려고 애를 썼다. 그 모습은 쉽게 떠오르지 않았다. 내가 떠올려야 하는 바다가 남태평양의 어느 바다인지 아니면 내가 알고 있는 남해 바다인지 알 수가 없었고 그런 의도와는 상관없이 매번 내 머릿속에는 섬들이 들쭉날쭉한 남해안의 바다가 떠올랐다.

 아버지가 더 이상 집에 돌아오지 않게 되었을 때 엄마와 나는 남해의 바닷가 마을로 내려갔다. 그곳은 엄마의 어린 시절을 고스란히 담고 있었다. 외할머니가 일 년 전까지 살았다던 집이었는데 쐐기풀과 달개비가 주인 없는 마당 한 귀퉁이를 차지하고 있었고 시멘트 담벼락 쪽으로는 도꼬마리 열매가 가시를 키우고 있었다. 거미줄이 쳐져 있던 방문은 창호지마저 여기저기 뜯겨 흉가처럼 보였다. 막 초경을 시작한 열두 살의 나는 엄마와 그곳에 자리를 잡았다.
 어쨌거나 새로운 환경에서 다시 시작하자는 엄마의 생각은 그럴듯했다. 게다가 바다를 배경으로 둔 어촌 마을에서 살아보는 것은, 젖소를 키우고 우유를 짜고 과수원에서 넘치는 과일들과 과일나무가 피워내는 꽃들을 구경하면서 사는 것처럼, 낭만적이고 멋진 일 중에 하나일 거라고 생각했다. 할머니는 함께 떠나자는 엄마의 권유에도 꿈쩍하지 않았다. 평생을 하나뿐인 자식만 보고 살았는데 아버지가 돌아오지 않을 리가 없다는 것이었다. 할머니는 살고 있는 집을 떠나는 것이 아들을 버리는 일이라도 되는 양 진저리를 쳤다.

바닷가 마을로 내려간 엄마와 내가 새롭게 시작할 수 있는 일은 아무것도 없었다. 남들처럼 굴이나 피조개 양식을 할 수도 없었고 농사를 지을 수도 없었다. 대신 엄마는 그곳에 있는 공장에 다니기 시작했다. 굴 껍데기를 끼우는 일이었다. 그 일은 초보자도 할 수 있었는데 특별한 기술이나 지식이 필요한 일은 아니었기 때문이었다.

날마다 바다에서 건져 올린 굴들이 배에 실려 공장으로 들어왔다. 공장 사람들은 컨베이어벨트를 타고 온 굴들을 세척기에 넣고 씻어낸 뒤 찜솥에 넣고 삶았다. 공장은 뜨거운 김으로 뿌옇고 어디서나 뜨겁고 들척지근한 냄새가 났다. 그 냄새는 옷과 머리카락에까지 붙어 따라다녔다. 트림을 하면 굴 익는 냄새가 목구멍으로 물큰물큰 넘어왔다. 삶은 굴들은 다시 컨베이어벨트를 타고 공장 건물로 들어갔다. 나는 물병을 들고 공장 건물 입구에 있는 정수기에 물을 뜨러 가다가 컨베이어벨트 앞에서 마주 보고 굴을 까는 사람들을 물끄러미 쳐다보곤 했다. 일당은 굴을 깐 총 킬로그램 수로 지급되었다. 굴의 관자를 상하지 않게 까는 기술이 필요한 일이었다. 까고 난 굴 껍데기들은 다시 인부들에 의해 공장 건물 밖으로 실려 나왔다. 굴 껍데기는 공장의 공터에 쌓였다. 사람들은 그것을 끼우러 모여들었다. 굴 껍데기 가운데 구멍을 뚫고 앞뒤로 마주 보게 오목하게 나일론 줄을 끼우면 되는 일이었다.

　엄마와 나는 밤이면 촛불을 켰다. 목장갑을 끼고서 나일론 줄의 한쪽 끝을 촛불에 갖다 댔다. 한 발 길이의 나일론 줄은 살짝만 갖다 대어도 금세 녹았다. 녹은 줄 끝을 목장갑을 낀 손으로 뾰족하게 말아서 굳히는 일이었다. 그러면 굴 껍데기를 끼우는 도중 줄이 풀려 낭패를 당하는 일을 막을 수 있었다. "할머니가 있었으면 이런 것쯤은 거뜬한데 말이야." 엄마는 할머니가 우리와 함께 이곳으로 오지 않은 것을 두고두고 아쉬워했다.

　여름이 다가오면서 그곳은 고약한 냄새로 뒤덮였다. 파리들은 굴 껍데기의 하얗고 매끈한 안쪽에 알을 깠다. 종패가 되지 못한 굴 껍데기에서 알들은 무럭무럭 자랐다. 보리 알갱이만 한 번데기들이 홍합이 달리듯이 까맣게 다닥다닥 붙었고 굴 껍데기 무더기에서 구더기들이 꾸역꾸역 밀려 나왔다. 암녹색의 물이 흥건히 고였다. 무덤에 앉아 굴 껍데기를 쪼고 있는 엄마는 여름 내내 굴 독에 시달렸다. 오돌토돌 벌겋게 부어오른 살을 엄마는 긁고 또 긁었다. 딱지가 앉고 있는 상처에도 손을 대어 덧날 때가 많았다. 붉게 부어오른 상처에서 피가 나면 엄마는 정말로 시원하다는 듯이 환하게 웃었다. 그 여름 내내 사방에서 구더기들이 꾸역꾸역 밀려 나오는 꿈을 꾸었다. 혹은 구루마 수백 대가 몰려오는 꿈을 꾸기도 했다. 그러다가 여름이 지나고 찬바람이 불어오면 그것들은 사라졌지만 엄마의 몸에는 손톱자국이 선명하게 새겨졌다.

 파도가 없는 고요한 바다다. 어둠이 막 걷히고 있다. 통통통, 해를 부르는 듯한 소리가 먼 데서부터 들려온다. 갈매기조차 아직 날지 않는다. 바다 끝에서 구름을 뚫고 나오는 햇살로 세상은 온통 다홍빛으로 물들고 있다. 살결에 와 닿는 바람이 낮과는 달리 서늘하다. 팔에서는 오소소 소름이 돋고 한기에 몸이 움찔, 진저리를 친다. 나는 선창가에 앉아 어둠이 걷히고 있는 바다를 본다. 통통통통. 아까보다 더 큰 소리다. 갈매기 한 마리가 끼루룩거리며 날아온다. 배의 엔진 소리가 점점 크게 들려온다. 배는 내 옆을 스치고 바다 한가운데로 나아간다. 어쩌면 배는 바다가 아니라 해를 향해 나아가고 있는 중인지도 모른다. 배가 만들어놓은 물길이 하얗게 포말을 만든다. 튀어 오른 물방울이 살결에 닿는 느낌은, 차갑지만 상쾌하다. 소매를 걷어 팔을 물속에 담근다. 갑자기 출렁이는 물살로 소매가 젖는다. 멀어져가는 배에는 등을 웅크린 남자가 망연히 바다를 바라보고 있다. 배에 타고 있던 남자가 일어선다. 그리고 등을 돌려 손을 흔든다. 갈매기들이 배를 따르고 있다. 나는 배에 타고 있던 남자가 아버지임을 알아차린다. "그런 곳으로 쿠로마구로 떼가 몰려올 때면 말이다, 하하하 하하하……" 새벽빛을 가르며 바다 한가운데로 나아가는 배. 발동기 소리. 나는 그 장면을 여러 번 반복해서 떠올린다. 그것은 의식의 표면으로 떠오르지 못하는 기억들이 만들어내는 환상일지도 모른다.

우리 아버지는 바다 사나이였어요.
말을 뱉고 보니 사나이, 라는 단어가 조금 우스웠다. 사나이? 남자? 바닷사람? 사나이나 남자라는 말보다는 바닷사람이라는 말이 훨씬 더 나은 것 같았다.
그래서?
네 아버지가 바다 사나이였다는 것이 어쨌다는 것이냐, 하는 말처럼 들리기도 했고 그래서 자신을 아버지로 생각하느냐, 하는 말처럼 들리기도 했다.
혹시 딸이랑 통통거리는 작은 배를 타본 적 있어요?
나는 대답 대신 서둘러 질문을 던졌다. 남자는 기억을 더듬는 모양인지 고개를 몇 번 갸웃거렸다.
그런 적이 있었던 것도 같고 그렇지 않은 것도 같다.
영 자신 없다는 투였다.
안방에서 코를 고는 소리가 닫힌 방문을 넘어 흘러나왔다. 코 고는 소리는 높이가 다른 음표처럼 높아졌다 낮아지며 파도를 탔다. 할머니는 잠든 것일까. 나는 여행을 가자던 할머니의 말을 떠올리고 있었다.

 며칠 전 자리에 누웠을 때, 방바닥에 등을 대자마자 코를 고는 엄마 뒤에서 할머니가 말을 걸어왔다. "자냐?" 나는 잠이 든 척 아무 말도 하지 않았다. "할미가 모아둔 돈이 있는데 우리 여행 한번 안 다녀올텨?" 여행이라는 할머니의 말에 감았던 눈이 번쩍 떠졌다. "누구랑?" "누구긴 누구여. 우리 셋이지." "어디로?" 나는 엄마를 밀치고 할머니 옆으로 가서 누웠다. "거 있잖여. 니가 맨날 말하는 그 뭐시기 구루만지 리어칸지 그런 것들이 있는 바다." 할머니가 부스럭거리며 속옷을 뒤졌다. 다시 불빛이 창문으로 넘어왔다. 할머니 손에 꼬깃꼬깃 구겨진 천 원짜리 지폐 몇 장이 들려 있었다. 할머니가 내 손에 쥐여준 돈에서는 생선 비린내가 섞인 지린내가 났다. "내가 말이여, 팽생을 모은 돈이여." 할머니는 다시 샅을 뒤지더니 16절 광고지를 여러 번 접은 종이를 꺼냈다. "옛다, 통장 여깄다. 비밀번호는 0707이여." 통장을 꺼내놓는 할머니의 눈이 내 등 너머 어딘가로 향하고 있었다.

 어두워지던 내 표정을 읽은 것일까. 남자는 과장된 목소리로 큰 배를 탄 적이 있다고 했다. 마디가 굵은 손을 들어 크게 휘저으며 이 기억만큼은 또렷이 남아 있다고, 자신을 낳아준 어머니가 있었다는 사실만큼이나 분명하다고 했다. 맥이 빠졌다.

남자가 내 아버지였다면 이런 식의 표현을 하지는 않았을 것이다. 적어도 안방에 누워 잠들어 있는 자신의 어머니를 알아보지 못하는 일은 없었을 테니까.

그가 나타난 순간부터 내내 아버지일지도 모른다는 희망을 품었다. 나를 찾아서, 내 얼굴을 보려고, 희미한 기억을 붙잡고 먼 길을 온 것이라고 믿고 싶었다. 내 기억 속 아버지와 비슷한 분위기를 풍기는 남자의 몸에서 나는 희미한 바다 냄새가 그런 생각에 확신을 주었다. 하지만 그는…… 내 아버지가 아니었다.

나는 식탁에서 일어섰다. 부엌 창 너머로 날리고 있는 눈발이 보였다. 멀리 보이는 세상은 고요하고 평화로웠으나 가로등 불빛에 비친 눈발은 폭풍에 휘몰아치는 것처럼 거칠었다. 나는 알고 있었다. 멀리 있는 세상은 언제나 평화롭고 고요하다는 것을. 그도 식탁에서 일어섰다. 그리고 우리는 동시에 창문 앞으로 갔다.

눈이 내리는 날은 포근하대요.

남자는 대답 없이 창밖만 내다보고 있었는데 웬일인지 유리창 속으로 녹아들고 있다는 생각이 들었다. 불안하게 휘날리고 있는 눈발처럼 남자도 녹아서 사라져버릴 것만 같았다. 남자의 오른팔 옷자락을 잡았다. 붙들어두고 싶었다.

오늘은 정말 운이 좋았다.

남자가 옷자락을 잡고 있는 내 손을 보며 말했다.

무슨 운이요?

너를 만나서 참 좋았어.

작별 인사를 건네는 거라는 걸 알 수 있었다. 이상하게 눈물이 핑 돌았다. 비록 내 아버지가 아닐지라도…… 위안이 되었다. 아니 아버지가 아니었다는 것이 더 좋았다. 우리는 아무도 아버지의 소식을 알지 못했다. 가끔 할머니의 꿈속에 아버지가 나타난다고 했다. 아버지는 애달픈 눈으로 할머니를 쳐다본다고. 그건 할머니와 엄마 그리고 내 가슴속에서 남태평양의 쿠로마구로 아버지가 살고 있다는 것을 의미했다. 할머니는 요즘 들어 자주 깜박깜박했다. 구루마에 싣고 온 생선들을 알아보지 못하기도 했다고 엄마가 내게 살짝 불평을 늘어놓았던 것도 최근의 일이었다. 엊그제 밤, 여행을 가자고 했던 말을 할머니는 기억하지 못했는데 그건 남태평양에서 쿠로마쿠로 떼가 사라지는 것과 같았다. 쿠로마쿠로 떼가 완전히 사라지기 전에 우리는 남태평양의 어디쯤으로 여행을 다녀와야 하리라.

나는 남자를 올려다보았다. 그는 창밖으로 시선을 던진 채로 점점 투명해지고 있었는데 어느 순간에는 희미한 그림자만 잠시 어른거릴 뿐이었다. 나는 어른거리는 그림자에 입김을 호호 불어 넣었다. 그리고 천천히 손을 흔들었다.

쿠로마구로 떼가 몰려올 때면 말이다.

바람에 이리저리 날리는 눈송이가 가로등 불빛에 비쳤다. 마치 떼를 지어 몰려다니는 물고기 같아서 나는 깜짝 놀랐고 뒤로 주춤 물러섰다.

 쿠로마구로 떼가 몰려올 때면 말이다……

 나는 어둠이 내린 도시를 유영하는 물고기 떼를 보며 또다시 그렇게 중얼거렸다. 뜨거운 눈물이 똑똑 손등으로 떨어져 내렸다. 희미한 그림자 하나가 긴 꼬리를 흔들며 물고기 떼 사이를 지나가고 있었다.

마스카라

그날 여자의 손에 명함을 쥐여줄 때까지만 해도 이곳에서 맞닥뜨리리라고는 생각지도 못했다. 그저 의례적인 인사였다. 어머니 속눈썹에 마스카라를 발라야 한다고 끝끝내 우긴 것이 못내 미안했다. 시신에게 마스카라를 발라달라는 요구는 애당초 무리한 것이었는지도 몰랐다. 여자가 어머니의 시신이 안치된 방을 나가면서 명함을 내밀었다. '장례 메이크업 아티스트 문주연.' 글자가 영정처럼 걸려 있는 명함이었다. 여자의 명함을 받은 나는 허둥거리며 내 명함을 여자에게 건넸다. 여자는 한참이나 내 명함을 들여다보았다. 내가 장례 메이크업 아티스트라는 글귀에 당황했던 것처럼 여자는 남자인 나의 직업이 메이크업 아티스트라는 데 놀라고 있는 것일지도 모를 일이었다. 그뿐이었다.

어제 오후, 예약 일정을 확인할 때 문주연이라는 이름이 섞여 있는 것을 알았다. 주연. 흔히 만날 수 있는 이름이었다. 내일 오후에 문주연 신부님이 예약되어 있습니다. 스텝인 이 선생의 말을 듣는 순간 속눈썹이 듬성듬성한 여자를 떠올리긴 했지만 나는 이내 머릿속에서 여자를 지웠다. 어머니 이름인 미자만큼은 아니지만 흔한 이름이었다. 내 손을 거쳐 간 신부들만 해도 성이 각기 다른 주연이라는 이름을 가진 사람은 많았다. 그렇다 하더라도 잠깐이나마 그녀를 떠올린 것은 문씨 성 때문이었다. 문씨는 주연이라는 이름만큼 흔한 성은 아니었다. 이씨, 박씨, 김씨 같은 어디서나 흔히 만날 수 있는 성씨가 꼭 아니더라도 강씨나 최씨 정도의 성이기만 했어도 사정이 다르긴 했을 것이다. 문씨를 희성이라고 할 수는 없었지만 강씨나 최씨 같은 성보다도 덜 흔했으므로 그녀가 잠깐 떠오른 것은 당연한 일이었는지도 몰랐다. 그러나 나는 다시 머리를 휘휘 내저었다. 아무리 생각해도 여자는 이런 곳하고는 거리가 먼 사람 같았다.

여자가 숍에 들어서서 내게 목례를 건네고 아이보리색 알파카 코트를 벗어 들었을 때까지만 해도 나는 여자를 알아보지 못했다. 숱이 많은 검은색의 풍성한 웨이브 머리가 여자의 얼굴을 더욱 작아 보이게 했다. 의자에 앉은 여자가 거울 속의 나를 빤히 보고 있었다. 얼굴은 붉은 기가 감돌았고 눈 밑에 다크서클이 내려앉아 있었다. 나는 가벼운 목례로 어색함을 무마시키려 했다.

"실장님 눈은, 여전히…… 매력적이시네요."

말이라기보다는 날개끼리 부비는 소리 같았다. 금방이라도 바스러져 내릴 것처럼 높고 가는, 떨림이 있는 목소리. 언젠가 들은 적이 있는 듯 그 목소리는 귀에 익었다. 나는 거울을 봤다. 거울 속에 앉아 있는 여자의 입가에 살포시 미소가 감돌았다.

"아니, 눈이 아니라, 마스카라를 바르는 솜씨…… 라고 해야, 하나?"

주저하는 듯한 말투에는 공포감과 신비감이 적당히 깔려 있었다. 말하고 있는 여자의 입술을 보지 않았다면 나는 그 목소리가 사람이 내는 소리가 아닐지도 모른다고 생각했을 게 틀림없었다. 그 정도로 여자의 목소리는 비현실적으로 들렸다. 여자는 가슴이나 배에 잔뜩 바람을 부풀려 넣어 내부를 떨어 공명음을 만들어내고 있는 것인지도 몰랐다. 거울에 비치는 여자를 유심히 살폈다. 공명음을 만들고 있는지는 알 길이 없었다. 다만 동그란 눈에 길지 않으나 숱이 많은 속눈썹이 눈에 들어왔다. 지문처럼 속눈썹 모양이 사람마다 다르다는 것을 오래전부터 알고 있었다. 나는 지문을 인식해가듯 눈과 속눈썹 모양으로 사람들을 분류하고 기억해냈다. 그러나 나는 여자를 기억해내지 못했다. 저런 모양의 속눈썹은 나의 기억 속에 저장되어 있지 않았다.

"마치, 절 알고 찾아오신 듯하군요."

나는 결례가 되지 않도록 입꼬리를 올리며 최대한 친절한 어투를 가장한 채 말했다. 여자는 그렇다는 듯 고개를 끄덕였다.

"지난 가을, 장례식…… 장에서. 그때, 그쪽 어머니…… 를 제가, 메이크업해, 드렸지요."

여자는 더듬거리듯 말을 이었다. 나는 그제서야 어제 예약자 명단에서 보았던 문주연이라는 이름을 생각해냈다. 그때와는 분위기가 많이 달라 보였다.

여자를 만난 것은 지난가을 영안실에서였다. 설악산 단풍이 절정을 이루고 있었다. 텔레비전 뉴스에서는 간간이 설악산 단풍 구경에 나선 행락객들을 비춰주었다. 어머니와 함께 단풍 구경을 다녀온 사람들은 실족사라고 말했지만 나는 그 말을 믿을 수 없었다. 작정하지 않고서야 벼랑 끝으로 갔을 리가 없다는 생각에서였다. 하지만 실족사가 아니라고 주장할 만한 근거는 어디에도 없었다.

자신을 소개하는 여자의 목소리는 떨리고 있었다. 그때까지만 해도 여자가 긴장을 하고 있다고 생각했다. 여자는 자신은 주로 시신메이크업을 담당하지만 특별히 부탁하는 여자 시신에

한해서는 염을 해주기도 한다고 떨리는 음성으로 귀띔했다. 장례사에 대해서는 익히 들은 바가 있었다. 염쟁이 혹은 염습사의 다른 이름이 장례사라고 했다. 남자라 하더라도 그 일은 쉽지 않을 터였다. 매일매일 시신과 마주해야 하는 일은 보통의 강단으로는 하기 어려운 일이었다. 게다가 장례 메이크업 아티스트라는 직업은 내게 생소했다. 단정한 올림머리의 여자는 가운을 입고 마스크를 코까지 올려 쓰고 있었다. 여자의 얼굴은 눈에 선뜻 들어오지 않았는데 나와 눈이 마주치자 다갈색 동공이 커졌다. 나는 여자에게 어머니를 부탁했다. 남자 장례사보다 더 세심하고 꼼꼼하게 어머니의 마음을 챙겨줄 것 같았다.

여자가 어머니의 염습을 시작했다. 작고 가는 여자의 손은 섬세하게 어머니의 몸 구석구석을 닦아내었다. 그때 나는 마스크 위로 드러난 여자의 눈을 보고 말았다. 무언가에 놀란 듯 여자의 눈은 아주 동그랬고 오랫동안 앓아온 것처럼 속눈썹은 짧고 듬성듬성했다. 저런 속눈썹 속에는 거미의 먼 친척인 속눈썹진드기가 터줏대감처럼 자리 잡고 있을 게 분명했다. 모낭에 머리를 박고 여덟 개의 다리를 허우적거리는 모낭충. 나는 여자의 속눈썹을 보면서 잠시 진저리를 쳤다.

"그때는 속눈썹이 이렇게 풍성하지는 않았던 것 같은데……"

여자를 알아보지 못한 것에 대한 변명을 하면서도 뒷말을 얼버무릴 수밖에 없었다. 속눈썹이 풍성하지 않았던 것은 추측이 아니라 확신이었지만 그 또한 결례가 될지도 모를 일이었다. 나는 퍼프에 스킨을 묻혀 여자의 볼을 두드렸다. 여자의 볼에서는 찰방찰방, 하고 수면을 두드리는 소리가 났다. 금방 물기를 빨아들인 화초처럼 홍조를 띤 살갗이 아주 촉촉했다. 나는 검지와 중지 약지를 이용하여 여자의 볼을 다시 한번 더 가볍게 두드렸다. 붉은 기운과 다크서클이 있었지만, 보기 드물게 탄력 있는 피부였다. 여자는 틈틈이 수분 팩을 바르고 미스트를 뿌려왔을 것이다.

"병원을 다니셨나 봐요?"

나도 모르는 사이에 불쑥 튀어나온, 황당하기 짝이 없는 질문이었다. 무슨 말이냐는 듯 여자가 눈을 치켜떠 더 동그랗게 만들었다.

"무, 무슨……?"

여자는 나의 질문을 당황스러워했다. 상황을 무마시켜보려고 애서 웃었다. 긴장을 하게 되면 서로에게 좋지 않을 것이다. 여자는 생애 가장 예쁘게 보이고 싶은 날일 것이고, 나는 내 이력에 흠을 내고 싶지 않았다. 메이크업이라는 직업도 바닥이 워낙에 좁아서 조금만 고객의 성에 차지 않으면 금세 입소문을 타고 번졌다. 긴장을 하게 되면 좋은 메이크업이 나올 수 없다. 메이크업이 시작된 순간만큼은 고객과 일심동체가 되어야 하는 것이다. 눈치 빠른 이 선생이 캐모마일 티 한 잔을 내왔다.

이 선생 눈에도 여자가 불안해 보였을까.

　죽더라도 수의는 입고 싶지 않아. 한복 입은 고운 얼굴로 가고 싶구나. 수의를 맞추긴 했지만 어머니의 말이 내내 귓가에서 맴돌았다. 그러잖아도 죽은 사람 얼굴은 흉물스러운데 수의까지 입고 있으니 저승사자가 따로 없더라. 나는 그리 이승과 하직하고 싶지 않아. 마지막까지 산 사람들에게 무섭고 모진 모습으로 기억되고 싶진 않구나. 어머니는 당신의 의지로 어찌해볼 수 없는 사후 모습에 대해 늘 걱정했다. 어머니뿐 아니라 그 누구라도 죽은 뒤 자신의 모습까지 책임질 사람은 없을 것이다. 어머니의 생과 사의 모습은 극명하게 갈렸다. 삶을 등진 어머니는 그동안 알아왔던 그 어떤 모습과도 거리가 멀었다. 한껏 사납게 찡그린 미간과 공포에 질린 듯 벌린 입, 저승꽃 같은 보랏빛 시반과 떨어진 꽃잎처럼 뭉개진 상처가 얼굴에 번져 있었다.

　나는 수의 대신 분홍빛 꽃무늬가 화사한 한복을 여자에게 내밀었다. 분홍빛 꽃무늬 위에는 흰색의 얇은 레이스가 막시(膜翅)처럼 펼쳐져 있었다. 어머니가 가장 좋아했던 옷이었다. 어머니는 어린 나를 무릎에 앉혀놓고 곤충도감 펼쳐보기를 좋아했다. 특히 어머니는 곤충의 얇은 그물막 같은 날개를 좋아했다. 이걸 막시라고 한다. 어머니는 곤충의 날개를 가리키며 말했다. 어머니가 가리키는 곳에는 잠자리가 날개를 펼치고 있을 때도 있었고 나비가 혹은 무당벌레나 각다귀가 날개를 펼치고 있을 때도 있었다. 어머니의 무릎에 앉아 있던 어린 나는 무당벌레나 각다귀의 날개조차 막시라고 말하는 어머니의 입을 멀뚱히 쳐다볼 수밖에 없었다.

"어머니가 입고 싶어 하던 옷이라서요."

"네? 이걸요?"

여자는 당혹스럽다는 듯 눈을 깜박였다.

"꼭 수의여야 하는 게 아니라면…… 이걸 입혀주세요."

한복을 준비하면서도 한편으로는 수의를 입지 않으면 저승으로 가지 못할 거라는 불안함이 있었다.

"꼭…… 수의를 입혀야 되는 건, 아니에요. 수의는, 관 속에…… 넣어드리겠습니다."

파르르 날개를 떠는 듯한 여자의 목소리. 나는 주위를 두리번거렸다. 시신이 있는 방 어딘가에 막시를 떨어대는 곤충이 숨어 있을 것만 같았다. 나는 한복 입은 어머니를 오랫동안 들여다보았다. 염을 마친 여자는 어머니의 미간을 여러 차례 엄지손가락으로 눌러 주름을 폈다. 주름이 펴진, 입을 벌린 어머니는 꼭 시체 인형인 더미 같았다. 아니 어머니는 이미 더미였는지도 몰랐다. 여자는 솜을 뭉쳐 어머니의 입속으로 넣었다. 솜을 넣은 손을 움직일 때마다 어머니 볼은 사탕을 문 아이처럼 볼록해졌다. 여자는 볼록해진 볼을 도자기를 빚듯 이리저리

돌려가며 평평하게 눌렀다 펴기를 되풀이했다. 옴팡 들어간 볼은 이스트를 넣은 밀가루 반죽처럼 조용히 부풀어 올랐다. 여자의 손길은 섬세하고 날렵했다. 어머니의 얼굴은 피어나는 꽃송이처럼 여자의 손에서 서서히 살아났다.

김이 올라오는 차 한 모금을 홀짝이고 있는 여자를 조용히 지켜봤다. 심신을 안정시키는 데는 캐모마일 티만 한 것이 없을 것이다. 저 여자가 그때의 그 여자란 말인가. 여자의 바뀐 속눈썹 때문인지 아무래도 같은 사람이었다고 생각하는 게 쉽지 않았다. 나는 성형 전의 얼굴을 떠올리는 심정으로 여자의 예전 모습과 지금의 모습을 비교해보았다. 속눈썹 숱이 많아져서 달라 보이기는 했지만 예전의 모습이 군데군데 남아 있었다. 둥근 눈과 짧은 속눈썹, 그때의 그 여자가 틀림없었다.

"안과 말입니다."

나는 여자의 질문에 설명을 덧붙였다. 그리고는 여자가 천천히 차를 마시도록 조금 물러섰다. 예식까지의 시간은 넉넉했다. 여자는 천천히, 아주 천천히 김을 불어가며 한 모금씩 한 모금씩 차를 마셨다.

"그날, 그쪽…… 어머니 모습을 보고 나서, 꼭…… 마스카라를 해, 보고 싶단 생각을, 했었어요."

여자는 찻잔을 손에서 내려놓으며 말했다. 몸속에 울림통을 가지고 있는 게 분명했다. 여자가 말을 할 때마다 공명음이 흩어졌고 짧은 속눈썹은 가늘게 떨렸다. 그러나 어조는 사뭇 단정적이었다. 마스카라를 꼭 하고 싶었다는 여자의 말이 잘 이해되지 않았다. 여자는 마스카라를 싫어하는 부류일지도 모른다는 생각을 했었다.

  그날, 염을 마친 여자가 화장품 상자를 열었을 때 나는 깜짝 놀랐다. 파운데이션만도 무려 열 가지가 넘었고 분홍색, 보라색 등 색조 또한 수십 가지는 되어 보였다. 내가 가지고 있는 화장품과 비교해도 질과 양에서 손색이 없을 정도였다. 어머니의 얼굴에 기초 화장을 끝낸 여자는 눈두덩과 이마 위의 시반에 밝은 색 파운데이션을 펴 바르고 잠시 기다렸다. 푸르뎅뎅하게 얼룩진 살갗을 살아생전의 피부색으로 되돌려놓는 일이 호락호락하지만은 않을 것이었다. 파운데이션이 스며들자 여자가 다시 중간 톤의 파운데이션을 거듭 발랐다. 유분이 많이 들어간 파운데이션은 번들거렸다. 얼굴에 기름기가 없는 시신에게는 유분이 많은 화장품이 필요할 것이다. 그게 나와 여자의 차이점이다. 같은 메이크업 아티스트지만, 나의 주 고객이 삶의 시작점에 선 사람들이라면 여자의 고객은 삶의 끝에서 서서히 굳어가고 있는 시신들이었다. 나는 여자를 가만히 들여다보았다. 속눈썹이 경련이라도 이는 듯 파르르 떨리고 있었지만 여자는 그런 경련쯤은 이미 익숙하다는 듯이 부지런히 손을 놀렸다. 여자의 손길이 닿을 때마다 시반은 엷어졌고 상처는 아물었다. 어머니는 고통에 몸부림치는 대신 더할 수 없이 평온한 모습으로 누워 있었다.

여자가 차를 마시는 동안 스킨이 모두 스며들었다. 나는 여자의 얼굴에 에센스를 바르고 그 위에 아이크림을 발랐다. 거울 속 여자는 조용히 눈을 감고 있었다. 로션을 그리고 수분크림을, 여자의 얼굴에 흡수시켰다. 여자의 피부는 발그레한 홍조를 띠었다. 보라색 베이스를 밀쳐두고 붉은 피부 커버에 좋은 초록색 베이스를 조금 찍었다. 베이스를 많이 바르면 파운데이션을 바를 때부터는 밀리기 쉽다. 메이크업 아티스트의 기량은 피부색에 따라 어떤 색조의 베이스를 쓸 것인지 얼마나 적절한 양을 쓸 것인지에 달려 있다고 봐도 과언이 아니다. 화장이 밀리면 아무리 멋있게 색조화장을 했다 하더라도 소용이 없다. 들뜨거나 밀리지 않은 고운 피부 결을 살려주는 것이 메이크업의 관건이다. 여자 또한 어머니 앞에서 아니 수많은 주검들 앞에서 어떤 피부인지 사후경직의 정도는 얼마만큼 이루어졌는지 혹은 시반이나 상처는 없는지 손으로 만져보고 두드려보면서 손에 시신들의 피부 정보를 입력했을 것이다. 그에 맞는 화장품 색깔은 어떤 것인지를 선택하고 얼마만큼의 양을 쓸 것인지 고민하고 연구했을 것이다. 요리사의 선결 조건이 뛰어난 미각이라면 메이크업 아티스트의 선결 조건은 피부에 닿는 손끝의 촉각이다. 피부에 따라 가장 적당한 양을 알아내는 손끝, 그 감각이 없다면 메이크업 아티스트의 생명은 끝난 것이나 다름없다.

여자의 메이크업 솜씨는 놀라울 만큼 뛰어났다. 혼을 옮겨놓는 무녀처럼 죽은 어머니는 여자의 손에서 다시 살아났다. 스테인리스 침대에 누워 있는 어머니는 꼭 잠든 것 같았다. 이제…… 끝났습니다. 여자는 화장품을 정리했다. 나는 잠들어 있는 어머니를 오래 내려다보았다. 그러나 나는 이내 여자가 화장에서 무언가를 빠트렸다는 것을 알아챘다. 어머니는 계속 잠들어 있으면 안 되었다. 잠에서 깨어 손님을 맞고 손님들과 작별 인사를 나누어야만 했다. 화장의 끝은 마스카라라는 걸 잊지 마라. 아무리 정성 들여 화장을 해도 마스카라를 바르지 않으면 사람이 얼마나 맥 빠져 보이는지 모를 거다. 어머니는 자리에서 일어나면 곱게 단장을 했는데, 마스카라를 빼놓지 않았다. 평생 화장품 방문 판매를 했던 어머니는 '메이블린'의 신봉자이기도 했다. 마스카라를 바르고 사랑을 되찾은 메이블을 어머니는 동경했다. 메이블은 몇 번이나 체트에게 고백하지만 거절당했고 그것을 안타깝게 여긴 화학자였던 메이블의 오빠가 동생을 위해 마스카라를 개발하고 그 뒤 메이블의 구애는 성공하여 체트와 결혼까지 하기에 이르렀다고 언젠가 어머니가 내게 말한 적이 있었다. 바셀린에 석탄가루를 섞어서 마스카라를 만들었다더구나. 그래서 동생 이름 메이블과 바셀린을

합쳐서 메이블린이라는 화장품 회사를 세웠다지.

하나밖에 없는 아들인 내가 메이크업학과를 선택했을 때도, 화장을 하고 다니기 시작했을 때도, 어머니는 반대하지 않았다. 아름다움을 추구하는 일에 남녀가 따로 있을 수 없다고 위로했다.

나는 파운데이션을 여자의 얼굴에 펴 바르고 나서 리퀴드 타입의 컨실러를 오른손 중지에 조금 따랐다. 다크서클이 있는 여자는 눈가가 맑아지는 것만으로도 안색이 밝아지고 화사해질 것이다. 파운데이션은 피부 톤보다 약간 밝은 색을 선택해야 하지만 컨실러는 피부 톤보다 약간 어두운 색깔로 발라주는 것, 그것이 포인트다. 그래야 경계가 생기지 않아 손쉽게 잡티를 가릴 수 있다. 스틱 타입이나 크림 타입보다는 리퀴드 타입의 컨실러가 다크서클을 커버하기에는 가장 효과적이다.

그날, 화장품을 정리하고 있는 여자에게 마스카라가 빠진 것 같다고 말했다. 어머니의 눈에 마스카라를 발라달라고 나는 요구했다. 당신…… 눈, 처럼요? 여자는 화장품을 싸던 가방을 내려놓고 나를 뚫어지게 보았다. 빈정대는 말투였다. 어머니의 장례식에 화장을 하고 나타난 상주를 질타하고 있었다. 아니 남자가 화장을 하는 것에 대한 거부 반응인지도 몰랐다. 더러 내게 손가락질하는 사람들이 있다는 것을 알고 있었다. 하지만 나는 단 한 번도 의기소침해진 적이 없었다. 나는 남자이기 이

전에 메이크업 아티스트이며 어머니의 말처럼 아름다움을 추구하는 일에 남녀가 따로 있을 수 없다고 믿고 있었다. 더군다나 어머니와 작별 인사를 해야 하는 때였다. 다시는 만날 수 없는 마지막 인사였다.

마스카라가 에스파냐어로 '가면' 혹은 '변장'이라는 뜻을 가지고 있다는 소리를 어디선가 들은 적이 있었다. 사막의 강한 햇볕에서 상당 시간을 보냈던 고대 이집트인들은 흉안에 대비할 수 있는 방어수단으로 마스카라를 칠했다는 말과 함께였다. 그러나 그 말을 어디에서 누구에게 들었는지는 정확하게 기억나지 않았다. 잘못 들은 말일지도 몰랐다. 가면이나 변장이라는 뜻은 마스카라가 아니라 화장이라는 말에 더욱 부합하는 단어인 것만 같았다. 아무튼 어머니가 사랑의 전령사로서의 마스카라를 옹호했다면 나는 고대 이집트인들이 그랬던 것처럼 삶의 방어수단으로서의 마스카라를 찬양했다. 그러니 마스카라는 나에게나 어머니에게 빼놓을 수 없는 화장 기법 중 하나였다. 나는 간절한 눈빛으로 여자를 보았다. 그때 언뜻 여자의 눈에서 퍼덕이고 있는 얇은 막질의 날개를 본 듯했다. 나는 도리질을 쳤다. 날개라니. 저 동그란 눈과 듬성듬성한 속눈썹 어디가 막질의 날개처럼 보일 법한가.

시신한테는…… 마스카라는 하지 않는 게, 예의…… 예요.

그날, 어머니의 주검 앞에 선 여자는 조용히 그러나 완강하게 고개를 내저었다. 동그란 눈과 작은 체구 때문인지 여자는 매우 여려 보였다. 어디선가 바사삭 소리가 나는 것 같았는데, 실제로 그런 일이 일어난 것인지 떨려 나오는 목소리 때문에 그렇게 느끼는 것인지는 헷갈렸다. 나는 소리를 떨쳐내 버리기라도 하려는 듯, 외국 영화에서 본 화려한 시신 화장법에 대해 얘기를 했다. 살아 있는 사람보다 더욱 과장되게 화장을 하는 것을 본 적이 있었다. 그들에게 주검은 결코 두려운 것이 아니었다. 아쉬운 이별일 뿐이었다. 살아 있는 사람들에게 차례차례 작별 인사하는 것을 고인의 의무로 여기는 풍습이었다. 결혼식 날 손님들 앞에서 예쁘게 보이고 싶어 하는 신부의 마음처럼 작별 인사를 하는 고인의 마음도 그럴 것이라 충분히 짐작이 되는 대목이었다. 그건 어디까지나 서양의, 예법일 뿐⋯⋯ 이에요. 최대한, 자연스럽게. 마치 잠이 든⋯⋯ 듯. 산 사람이 거부감을 느끼지 않도록, 돕는 게⋯⋯ 우리, 장례 메이크업 아티스트가 할, 일이지요. 막질의 날개가 경련에 가까운 날갯짓을 해댔다. 그것은 마치 숨을 거두기 직전에 떨어대는 막시 같았다. 이런, 요구를⋯⋯ 한 사람은⋯⋯ 처음, 이에요. 여자는 처음이라는 단어에 힘을 주었다.

 나는 여자를 설득할 수 없으리라는 것을 알았다. 그렇다고 이런 모습으로 사람들과 작별 인사를 하게 내버려둘 수는 없었다. 사랑의 전령사로서든 삶의 방어 수단으로서든 어머니는 마스카라를 원할 것이었다. 나는 가방을 열어 내가 바르던 마스카라를 꺼내 어머니 속눈썹에 발랐다. 마스카라는 쉽게 발라지지 않았다. 어머니의 주검과 마주하고 있어서인지 산 사람이 아니라 손에 설익어서 그런 것인지, 마스카라를 바르는 내내 손이 자꾸만 엇나갔다. 뷰러로 몇 번이나 속눈썹을 감아올리는데도 속눈썹은 그대로 뻣뻣하게 내려앉았다. 나는 다시 온 힘을 기울여 어머니 속눈썹을 뷰러로 누르고 에센스를 발랐다가 다시 뷰러로 누르고 그 위에 마스카라를 덧발랐다. 어머니가 원하는 게 사랑이었다면, 메이블처럼 사랑을 찾아 떠날 수 있도록 어떻게든 돕고 싶었다.

나는 흰색의 파우더를 묻힌 붓으로 여자의 콧날을 쓸어내렸다. 하이라이트와 윤곽 수정이 끝나면 곧 속눈썹 화장을 해야 한다. 여자의 속눈썹은 숱이 많아 풍성하긴 했지만 짧아서 마스카라를 덧입히는 일이 쉽지는 않을 것 같았다. 수고로움에 비해 얻을 수 있는 효과는 아주 미미할지도 모를 일이었다.

"마스카라를 바르는 것보다는 속눈썹을 붙이시는 게 더 좋을 것 같습니다만."

여느 때라면 나는 마스카라를 해야 한다고 설득했을 것이었다. 그날의 일은 잊고 있었는데 아니 잊었다고 생각하고 있었는데 끝끝내 마스카라를 고인에게 바르지 않겠다고 고개를 내젓던 여자가 떠올랐고 나 또한 순순히 여자의 요구를 들어주고 싶지 않았다. 하지만 나는 마스카라를 포기할 수 없었다. 효과가 미미하더라도 획일적인 인조 속눈썹보다는 각각의 눈 모양이나 속눈썹의 생김에 따라 표현할 수 있는 마스카라가 더욱 인간적일 수 있다는 게 나름의 메이크업 원칙이었다. 개성이 없는 메이크업은 죽은 메이크업이나 다를 바 없다. 여자는 인조 속눈썹을 붙이겠느냐는 나의 말에 완강하게 고개를 내저었다.
 "마스카라가…… 아니면, 안…… 돼요. 꼭, 마스카라로…… 발라, 주세요."
 나는 여자의 말에 안도의 숨을 내쉬었다. 혹시라도 여자가 뜻을 굽혀 속눈썹을 붙이겠다고 할까 봐 조마조마해하고 있었다. 여자도 사랑을 원하는 걸까. 메이블이 그랬던 것처럼. 아니면 새로 시작되는 삶의 방어 수단이 필요하다고 여긴 걸까. 오래되고 낡은 껍질을 벗어버리고 새로운 옷을 입고 싶은 것일 수도 있었다.
 내가 세 살 때 어머니는 이혼을 했고 아버지는 새로운 사랑을 찾아 떠났다. 어머니는 그때부터 화장품 외판원이 되어 하루도 빠지지 않고 마스카라를 발랐다. 아버지가 돌아오길 바라서였는지 어머니에게 새로운 사랑이 찾아오길 바라서였는지는 알 길이 없었다. 하지만 끝끝내 아버지는 돌아오지 않았고 어머니에게 새로운 사랑이 찾아오지도 않았다.
 얼굴이 작고 이목구비가 선명한 여자에게 하이라이트나 윤

곽 수정은 굳이 필요하지 않았다. 나는 여자의 윤곽이 자연스럽게 보이도록 최소한으로 하이라이트를 하고 파우더로 톡톡 두드렸다.

"제 눈 속에 아니 제 속눈썹…… 속에, 진드기……가 살고, 있대요. 모, 낭충이라는. 아이 참, 지금은 살고, 있지…… 않아요."

여자는 남의 얘기를 하듯 눈을 감고 말했다. 속눈썹 속에 진드기가 살고 있었다는 여자의 감은 눈을 자세히 들여다보았다. 여자의 속눈썹이 꿈틀거리는 것만 같았다. 지금은 아니라는 여자의 말을 듣고도 아니 숱이 풍성해진 속눈썹을 확인하고서도 속눈썹이 꿈틀거리는 상상이 멈추질 않았다. 환상은 상상이 불러내고 상상은 경험이 불러낸다. 나는 언젠가 본 적이 있는 머릿니를 여자의 속눈썹 속에서 불러내고 있었다. 나는 코와 눈썹 사이 그리고 입술까지 파우더가 골고루 묻도록 퍼프를 계속해서 두드렸다. 들뜨거나 밀린 데 없이 밑 화장은 깔끔하게 되었다. 펜슬을 들어 여자의 눈썹을 약간의 각이 생기게 그렸다. 요즘 눈썹은 짧으면서 자연스러운 것이 대세지만 동그란 눈을 하고 있는 여자에게는 각이 지고 조금은 더 긴 눈썹이 어울릴 것이었다. 전체적으로 여리고 어려 보이는 인상이었기에 눈은 강하고 개성 있게 표현해주어야 한다. 일반적으로 눈을 강조할 때는 스모키 화장을 한다. 하지만 마스카라만으로 개성을 드러낼 수만 있다면 그보다 더 좋은 화장법은 없을 것이었다. 쉽지는 않겠지만 성공만 한다면 여자는 새롭게 다시 태어날 수 있을 것이다.

"병원에서 현미경에 놓인 진드기를 보여…… 줬어요. 여덟 개의, 발이 달린…… 게 꼭, 머릿니처럼 생겼더군요."

여자의 말에 나는 들고 있던 펜슬을 떨어뜨렸다. 머릿니처럼 생겼다니. 머릿니는 내가 상상 속에서 불러낸 진드기가 아니었던가. 여자는 진드기가 투명하다고도 했다. 아주 드물긴 하지만 죽은 머릿니가 시신의 머리에 혹은 앞이마 쪽에 내려와 있는 것을 보았다고 했다. 하지만 머릿니가 죽은 이유를 정확하게 알고 있는 건 아니라고, 다만 추측일 뿐이라는 말도 덧붙였다. 시신의 머릿니를 본 적이 있다는 여자의 말이 곧이곧대로 믿기지는 않았다. 그러나 여자가 거짓말을 할 이유는 어디에도 없어보였다.

"기생충은 대개 숙주…… 와 운명을, 같이하는 것, 같아요."

난데없는 말이었다. 숙주가 죽어서든 아니면 숙주와 함께 냉동 보관되면서든 결과적으로는 숙주와 기생충은 운명을 같이하는 것만은 분명하다고 했다. 여자의 말은 이해가 될 듯하면서도 이해가 되지 않았다.

연분홍빛 아이섀도를 여자의 눈두덩에 살짝만 바르고 아이라이너를 그렸다. 여기까지만 해도 여자의 눈은 한층 또렷해졌다.

"속눈썹이 풍성해지긴 했는데 짧아서 모양이 안 나올지도 모르겠군요."

나의 말에 여자는 상관없다고, 아무튼 꼭 마스카라를 하고 싶다고 거듭 말했다. 여자의 말이 아니더라도 여자에게 마스카라를 해줄 생각이었다. 본인이 꼭 속눈썹을 붙이겠다고 원하지 않는 한, 마스카라를 쓸 생각이었다. 쉽지는 않겠지만 성공만 한다면 그 어떤 눈에도 비교할 수 없을 만큼 개성적인 눈이 될 수도 있을 거라는 계산이 섰다. 경우의 수는 항상 다양했다. 조건이 나쁠수록 일은 까다롭겠지만 더욱 빛나는 메이크업이 될 수도 있었다.

뷰러로 여자의 속눈썹을 집었다. 눈 안쪽에서 시작하여 중간 부분과 바깥쪽으로 세 번에 나누어서 뷰러로 집어 올리는 것이 중요하다. 여자는 눈의 양쪽 폭이 좁아 미간까지 넓어 보이는 형이다. 어머니의 눈을 닮은 나의 눈매는 여자와는 대조적이다. 어머니는 상하 폭이 짧고 긴 눈매를 하고 있었다. 나는 어머니의 눈매가 깊고 시원해 보이도록 마스카라를 꼼꼼하게 바른 뒤 속눈썹 끝에 덧발라주고 언더라인에도 발라주었다. 거기다가 속눈썹을 몇 번에 걸쳐 집어 올려서 컬이 아찔하게 생겼다. 어머니는 무대에 서는 배우처럼 우아한 눈을 하고 누워 있었다. 그러나 여자의 경우는 어머니와는 다르게 마스카라를 발라야 한다. 나는 여자의 속눈썹이 눈 안쪽에서 바깥쪽으로 퍼져가는 것처럼 보이도록 사선 방향으로 속눈썹을 들어 올려주었다. 짧은 속눈썹은 잘 올려지지 않았다. 이 선생이 차 한 잔을 다시 가지고 왔다. 역시 캐모마일 티였다. 이 선생은 눈치가 빠른 스태프였다. 언제 쉬어야 하는지를 누구보다 정확히 알고 있었다.

 마스카라 컬이 아찔하게 올라간 어머니는 다소 과장되어 보였다. 그 때문인지 오히려 금방이라도 일어나 앉을 것처럼 얼굴에 생기가 돌았다. 여자가 아니었다면 나는 상처투성이 어머니 모습을 평생 간직하고 살아야 했을 것이었다. 나는 여자에게 정중하게 인사를 했다. 눈물을 삼키는데도 자꾸자꾸 눈물이 흘렀다. 마스카라가 녹아 만들어낸 검은 눈물은 눈 밑에 얼룩을 남기며 말랐다. 여자가 손수건을 내밀었다. 나는 그때 파르르 혹은 스스슥, 하는 소리를 들었다. 나는 잠깐 고개를 갸우뚱거렸다. 그 소리가 파르르, 인지 스스슥, 인지 잘 구분이 되지 않았다. 각기 다른 두 소리가 연달아 났던 것 같기도 했고 두 소리가 한꺼번에 합해져서 나는 것 같기도 했으며 전혀 다른 소리를 그렇게 들은 것 같기도 했다. 여자가 눈을 깜박이고 있었다. 여자의 속눈썹이 내는 소리인지 어머니의 마스카라가 내는 소리인지 헷갈렸다. 아니면 검은 얼룩이 마르면서 내는 소리였을지도 몰랐다. 여자가 어머니를 뚫어지게 보고 있었다. 놀란 듯한 표정이 얼굴 가득 번졌다. 나는 동요하는 여자의 눈빛을 보았다. 여자도 소리를 들은 것일까. 궁금했지만 나는 묻지 못했다. 여자가 마스크를 벗고 인사를 했다. 누구를 향해서인지 알 수 없었다. 여자가 명함을 꺼낸 것은 그때였을 것이다. 장례 메이크업 아티스트 문주연. 글자가 영정처럼 음울하게 박혀 있었다.

"핑계 같지만, 늘, 죽음을…… 상대하다 보니……"

여자는 말을 끝맺지 못했다. 나는 여자의 눈을 보며 조용히 고개를 끄덕였다. 매일 주검을 마주해야 하는 일은 죽음을 옆구리에 끼고 있는 것이나 다를 바 없을 터였다. 일반 메이크업이 아니라 웨딩 메이크업을 할 때면 나는 출발점에 서 있는 달리기 선수 같았다. 종착지를 알 수 없는 불안과, 잘 뛰어야 한다는 부담감을 안고 남보다 출발이 늦지 않으려고 애를 쓰고 있는 달리기 선수. 언제 출발을 알리는 총성이 울릴지 조바심 치며, 초조하게, 총성이 울리기만을 기다리고 또 기다렸다. 여자에게 죽음이란 어떤 것일지 조금 짐작이 갔다. 한번 가면 두번 다시는 되돌아올 수 없는 길. 그러니 생명을 죽음으로 모는 일이 얼마나 끔찍한 것인지 여자는 누구보다 잘 알고 있을 것이었다.

"그럴, 리가, 없는데…… 그날, 그쪽 어머니 속눈썹에서…… 기어, 나오고 있는, 진드기, 가 보였어요. 그럴 리가, 없는데도요. 아마 듬성듬성한 속눈썹 때문에 그렇게…… 생각, 했는지도 모르겠어요. 짐작, 짐작이겠지요. 현미경으로 봐야 하는 진드기가…… 육안으로, 보일 리는 없었을 테니까요. ……주검 앞에서, 이 사람은 이런, 삶을 살았겠구나, 혹은 이 사람은 이런, 병을 앓았겠구나. 뭐 그런…… 하찮은 짐작들을 해요. 그러니 그쪽 어머니의 듬성듬성한, 속눈썹을 보면서, 외로웠겠구나. 그래서 다른, 많은 생명을 품고 살았던 거구나…… 하고 나름대로 판단을 했던 거지요."

여자는 몇 번이나 그럴 리가 없다는 말을 반복했다. 그럴 리가 없다는 여자의 말은 일정한 리듬을 타고 파도처럼 밀려왔다 밀려갔다. 진드기는 초정밀 현미경이 아니면 보이지 않을 만큼 작다고 했다. 그러니 육안으로 진드기를 볼 수 없다는 것이었다. 그런데도 여자의 눈에는 어머니의 속눈썹에서 기어 나오고 있는 진드기가 보이더라고 했다. 살아보겠다고 죽은 숙주의 몸에서 벗어나오겠다고 저렇게 발버둥치는데 마스카라를 발라 저것들의 길을 가로막고 싶지 않다는 생각이 들었다고도 했다. 그런데 여자의 거절에도 불구하고 땀을 흘려가며 마스카라를 바르는 내 모습이 얼토당토않게도 숭엄하게 느껴지더라는 것이었다. 여자는 끙끙대며 마스카라를 바르고 있는 나의 모습을 지켜보고 있었다. 고인에게 마스카라를 바르지 않았으면, 하는 마음은 온데간데없이 사라져버렸다. 정말 뜻밖에도 마스카라를 바르고 난 고인은 전혀 딴사람이 된 것 같았다. 유족이 저렇게 간절히 원하는데 그까짓 진드기가 뭐라고 마스카라를 바르지 않겠다고 규정을 들먹여가며 우겼는가 싶은 마음이 울컥울컥 치밀더라고.

"전, 마스…… 카라의, 힘, 같은 건 몰라요."

이상하게 진이 빠졌다. 시계를 보았다. 다음 예약 손님을 받기까지 삼십 분의 시간이 남아 있었다. 나는 이 선생에게 캐모마일 티 한 잔을 더 부탁했다.

"선생님의 메이크업을, 받고…… 나면, 아니 선생님이 해주는…… 마스카라를 바르고, 나면, 내 삶도, 달라질 것 같…… 다는 막연한, 생각을 하게, 되었지요. 그래서, 안과 진료도 열…… 심히 받게 된, 거구요."

속눈썹 진드기를 현미경으로 보여주었던 의사 선생이 잊히지 않았던 것처럼 장례식장에서 마스카라를 바르던 내 모습도 잊히지 않았다고 했다. 여자는 그 뒤로 고인들에게 마스카라를 바르기 시작했다. 장례 메이크업 아티스트 사이에서 여자에 대한 수군거림이 오갔다. 장례 메이크업의 이단아! 그래도, 상관…… 없어요. 마스카라 덕분에 오늘, 결혼식을 올릴, 이…… 남자를, 만났거든요. 여자는 남자의, 교통사고를 당한 갓 스무 살이 된 누이동생의 메이크업을 했다. 하지만, 아직도…… 모낭충이 주둥이를 박고 있는, 고인에게는, 마…… 스카라를, 하지, 않아요. 여자의 말처럼 모낭충이 눈에 보일 리가 없었다. 하지만 나는 여자의 말을 이해할 수 있었다. 여자는 주검들의 속눈썹을 보면서 진드기가 기생하고 있는지의 여부를 분류할 것이었다. 주검들은 더 이상 막다른 길에 놓일 걱정이 없는 사람들이었다. 그래서 불안해할 것도 없었고 두려움에 떨 일도 없을 것이었다. 길의 끝에 서 있는 자. 여자는 그들에게 마지막으로 길동무가 되어 말을 시키는 사람인 것이다.

차를 다 마시자 이 선생이 재빠르게 찻잔을 가져갔다. 나는 다시 뷰러를 들고 여자의 속눈썹 깊이 넣고 오른손에 힘을 주고 지그시 눌렀다. 뷰러에 속눈썹이 꺾이는 느낌이 손끝으로 전해졌다. 잔물결로 출렁이던 여자의 마음도 그렇게 슬며시 손끝을 타고 전해져왔다. 다시 속눈썹 중간 부분에 뷰러를 넣고 힘을 조금 빼고 눌렀다. 뷰러 속에 들어 있는 여자의 속눈썹이 파르르 떨렸다.

마스카라로 속눈썹에 풍성한 볼륨을 넣어 다니는 어머니가 진드기로 몸살을 앓고 있을 줄은 몰랐다. 어머니는 언제나 한결같이 흐트러지지 않은 모습으로 우아하게 내 곁에 버티고 있었다. 영안실에 누워 있던 어머니는 내가 알고 있던 모습이 아니었다. 속눈썹은 젖니 빠진 아이의 입속처럼 듬성듬성했다. 어머니의 속눈썹에 마스카라를 하면서 애를 먹은 것은 감정의 과잉 때문이었다고 말할 수 없었다. 어머니는 도대체 왜 그런 눈에 치료도 하지 않은 채 마스카라를 바르고 다녔던 것일까.

여자의 속눈썹 컬이 서서히 살아났다. 나는 잠시 눈을 감았다. 날개끼리 부비는 소리가 어딘가에서 다시 들려오는 것만 같았다. 나는 여자의 눈에 집중했다. 좌우 폭이 좁은 동그란 눈에 볼륨감이 많으면 자칫 무겁고 답답해 보일 수 있다. 눈 자체가 깊고 시원해 보이도록 롱래쉬 타입의 마스카라를 골라 속눈썹에 발랐다. 특히 눈꼬리 쪽 다섯 올의 속눈썹을 브러시를 세워 꼼꼼하게 발라주었다. 여자의 눈매가 훨씬 또렷해졌다. 이제 입술 화장만 하면 끝이다. 연분홍빛의 립글로스를 막 집어 들었을 때 바스락거리는 소리가 다시 약하게 들렸다. 생각이 만들어낸 환청일 것이다. 눈을 끔벅여 크게 떴다. 마스카라를 바른 여자의 속눈썹에 거미줄 같은 얇은 막질이 얹혀 있었다. 그 막질은 스타킹을 늘여놓은 것처럼 보이기도 했다. 놀란 나는 뒤로 주춤 몇 걸음 물러섰다. 여자가 눈을 깜박였다. 그럴 때마다 소리는 점점 더 커졌는데 내 눈에는 웬일인지 여자가 어머니로 보였다. 풍성해진 어머니의 속눈썹에서 날개끼리 부비는 소리가 났다. 바사삭 혹은 스스슥.

그런 게 다 무슨 소용이에요

옆구리에 끼고 있던 졸업장을 내려놓은 한들이가 단상 아래를 잠깐 쳐다봤다. 사람들의 시선이 한들이에게로 쏠렸다. 다리를 약간 벌리고 선 한들이가 양팔을 벌린 채 몸을 한쪽으로 기울였다. 그리고는 순식간에 물구나무 자세를 취하더니 연달아 두 번 공중제비를 돌았다. 단상 아래에서 와, 하는 환호성과 키득거리는 웃음소리와 아아, 하는 탄식이 동시에 터졌다. 약간 비틀거리기는 했지만, 무리 없이 일어선 한들이가 바닥에 내려놓은 졸업장과 학사모를 집어 들고 유유히 단상을 내려왔다.

잠시 멈칫했던 호명이 이어졌다. 한들이 다음번 학생 역시 졸업장을 받고 공중제비를 돌았다. 다시 환호성이 터졌다. 두

명이 세 명이 되고 네 명이 다섯 명이 되자 공중제비를 도는 행위는 계획된 퍼포먼스인 양 자연스러워 보였다. 졸업하는 모든 아이들이 공중제비를 돈 건 아니었다. 일부는 졸업장을 받고 그대로 단상을 내려왔으나 아이들은 공중제비를 돌든 돌지 않든 개의치 않았다. 여느 졸업식과는 다른 이상한 풍경이었다. 학생 개개인에게 졸업장을 주고 포옹하고 악수하는 모습은 자긍심을 불어넣어주기에 충분해 보였지만 졸업장을 받을 245명의 학생이 전부 단상에 올라가야 하는 일은 다소 번잡스러운 일이었다. 게다가 공중제비를 도는 아이들까지 있어 단상은 자칫 무질서해 보이기도 했다.

강당 오른쪽 벽면의 유리창으로 커다란 새 한 마리가 날아왔다. 한들이가 자리에서 일어섰다. 부신 빛 때문에 정연은 눈을 똑바로 뜰 수가 없었다. 금방이라도 불길한 일이 벌어질 것만 같은 긴장감이 정연의 몸을 감쌌다. 새가 유리창 가까이 왔을 때 정연은 눈을 질끈 감은 채 아랫입술을 깨물었다. 그때였다. 아, 하는 안도의 한숨에 이어 박수 소리가 졸업식장을 가득 메웠다. 정연은 고개를 들었다. 유리창을 향해 날아오던 새가 방향을 틀었다. 새는 박수 치는 학생들에게 화답이라도 하듯 날개를 크게 퍼덕이고는 유유히 사라졌다.

봤어요?

새 말인가요?

아니 텀블링하는 아이들이요.

왜 저런 이상한 짓을 하는 걸까요?

정연은 뒤를 돌아보았다. 학부모들로 빽빽한 강당 안에서 대화의 당사자를 찾을 수 없었다.

일순 멈췄던 졸업식이 재개되었고 졸업장 수여식이 끝날 때까지 공중제비는 계속되었다.

졸업식이 끝나고 학생들은 각 반 교실로 갔다. 졸업생과 재학생이 빠져나간 체육관에 학부모만 남았다.

아이들이 왜 그랬는지 아세요?

수빈 엄마가 정연의 어깨를 건드렸다.

텀블링 말인가요?

정연은 조금 전의 대화가 생각나 그렇게 되물었다.

곧 대학생이 될 아이들이잖아요. 무슨 꿍꿍이가 있는 것이 아니라면……

수빈 엄마가 못마땅한 얼굴로 정연을 쳐다봤다.

텀블링한 게 그렇게까지 걱정해야 하는 일인가요?

당연히 걱정해야 하지 않겠어요? 정상적인 행동이라고 할 수 없잖아요, 안 그래요?

수빈 엄마는 고개를 꼿꼿하게 치켜들었다.

삼 년 내내 전교 1등을 했고 수시 전형에서 명문 사립대학 의과대학과 서울대 자연과학대학에 동시 합격한 아들을 두어서인지 그 태도가 몹시 당당했다. 정연은 그동안 수빈 엄마를 꽤나 동경해왔다. 노하우를 전수받아 한들이를 수빈이처럼 뛰어난 아이로 만들고 싶었다.

수빈 엄마의 얼굴에 슬쩍 그늘이 생겼다가 사라지는 것을 정연은 놓치지 않았다. 아무리 자랑스러운 자식이라도 자신의 뜻대로 할 수는 없었을 것이다. 수빈이 당연히 의대를 선택할 것이라고 믿었지만 모두의 예상을 뒤엎고 서울대에 등록했다는 소문이 파다했다. 그것만으로도 사람들 입에 오르내리기에 충분했다. 대부분의 학부모들은 수빈을 이해할 수 없다며 고개를 내저었다. 그러면서도 그동안 수빈에게 느끼고 있던 질투심을 교묘하게 동정심으로 바꿔 수빈 엄마를 위로하려 들었다. 그러나 수빈 엄마가 없는 자리에서는 대놓고 고소해했다. 정연 역시도 다른 학부모와 크게 다르지 않았다. 내놓고 말을 한 적은 없었지만 어리석은 수빈의 선택을 비웃었다. 아이들 머리가 크면 부모 마음대로 할 수 없지, 자식 이기는 부모 있나, 그런 생각이 들자 조금 기분이 나아졌다.

정상이라는 잣대는 뭐죠? 저는 재밌던데요. 뭔가 특이하고 이 학교 아이들만 할 수 있는 퍼포먼스라는 생각도 들고요.

언제 왔는지 율희 엄마가 수빈 엄마와 정연 사이에 끼어들었다. 바쁜 그녀를 대신해서 한 달에 한 번 귀가하는 주말에 몇 번 율희를 픽업한 적이 있었다. 학업 성적이 뛰어난 것 같지는 않았지만 밝은 아이였다. 율희는 엄마가 직장을 다녀 매번 남의 차를 얻어 타고 귀가해야 하는데도 기죽지 않았고 친근하게 굴었다.

재밌었다고요?

수빈 엄마가 얼굴을 찡그렸다.

저는 참 창의적이라고 생각했어요. 이럴 때 아니면 언제 저런 걸 해보나 싶기도 하고요.

율희 엄마는 마치 눈앞에서 공중제비를 넘는 아이들을 보고 있기라도 하는 듯 단상 쪽을 보았다.

한들이가 다른 아이들 선동한 거 같잖아요.

수빈 엄마가 굳은 얼굴로 말했다.

요즘 아이들이 선동한다고 어디 따라요? 각자의 주관대로 움직인다는 생각은 안 해보셨어요?

얼굴에 옅은 웃음을 띠고 있었지만 율희 엄마의 말에도 날이 서 있었다. 정연이 알던 율희 엄마 같지 않았다.

말이 나왔으니 하는 얘긴데, 아이들 한참 수시 원서 쓸 무렵 율희랑 한들이가 아이들 선동해서 유리창에 글귀 붙이고 다닌 거는 알고 하시는 말씀이시죠?

수빈 엄마는 잘못을 한 당사자에게 책임을 묻겠다는 듯 율희 엄마 앞으로 바짝 다가섰다.

다들 불만이 많았어요. 율희가 다쳐 조용히 넘어가자고 학교

측에서 설득하는 바람에 가만히 있은 줄은 아셔야죠.
처음 듣는 말이었다. 자세한 내막을 알 수는 없었으나 한들이와 율희가 유리창에 글귀를 붙이고 다녔고 율희가 다쳤다는 얘기였다.
설마 수빈이같이 똑똑한 아이가 우리 애들 말만 듣고 하자는 대로 했겠어요. 안 그래요, 수빈 어머니?
듣기 나름이겠지만, 율희 엄마는 수빈 엄마가 반박할 수 없게 돌려 까는 중이었다. 누구도 수빈 엄마에게 저런 식으로 말하지 않았다. 선생님들마저도 한때 학부모 회장이었던 수빈 엄마에게 깍듯하게 예의를 지켰다. 설령 이해가 되지 않는 이상한 논리를 펼치더라도 토를 다는 사람은 없었다. 그런 논리마저 잘난 아이를 만드는 양분이라 여기는 듯했다.
율희 엄마와 수빈 엄마 사이에 가로놓인 신경줄이 팽팽하게 당겨지고 있었다. 자칫 장력을 이기지 못한 그것이 툭 끊어져 버릴 것처럼 아슬아슬한 긴장감이 맴돌았다. 그때 불쑥 수빈 엄마가 한들이는 어디 갔어요? 하고 물었다. 앞뒤가 잘려나간 그 뜬금없는 질문을 정연은 정확하게 알아들었다. 어느 대학에 갔느냐는 물음이라는 것을. 그녀는 영리한 사람이었다. 누군가에게 주도권을 뺏기거나 자신에게 불리한 이야기가 나올 때면 영락없이 상대의 허를 찌를 줄 알았다. 자신이 휘두른 칼끝에 누가 가장 큰 내상을 입을지 잘 아는 사람이었기 때문에 노련

하게 상대를 바꿔치기할 줄도 알았다.

남편이 한들이에게 정해 준 마지노선은 수도권 의대와 서울대 경영학과까지였다. 여섯 곳에 원서를 낸 수시전형 모집에서 한들이는 명문 사립대의 천문우주학과 딱 한 군데에 합격했다. 정연 부부는 한들이가 그곳에 원서를 냈다는 사실을 합격한 다음에 알게 되었다. 그런 쓸데없는 것을 배워 무엇을 하겠느냐며 남편은 등록을 포기시켰다. 수시 전형에 합격했으므로 정시 전형에는 원서를 써볼 기회마저 사라진 셈이었다. 남편이 일찌감치 한들이를 재수시키기로 마음먹은 데에는 내년에는 서울대 의대를 욕심내볼 수도 있을 것이라는 희망을 품었기 때문이었다. 수빈 엄마가 한들이의 그런 사정을 모를 리 없었다.

어떤 대학을 갔는지가 뭐가 중요해요.

율희 엄마가 말했다. 정연은 수빈 엄마의 구겨지는 얼굴을 보면서 곤란한 질문에서 벗어날 기회라고 여겼다. 그럼에도 자신을 난처하게 만드는 수빈 엄마보다 편을 드는 율희 엄마가 이상하게 더 불편했다. 정연은 얼른 그 자리에서 벗어나고 싶었고 핑계를 찾기 위해 휴대폰을 꺼내 들었다. 부재중 전화가 다섯 통이나 와 있었다. 정연은 수빈 엄마와 율희 엄마를 향해 까닥 고개를 숙여 인사하곤 졸업식장을 나와 통화 버튼을 눌렀다. 발신음이 두 번쯤 울렸을 때 여보세요, 하는 남편의 목소리가 들렸다.

미안해요. 졸업식장이 소란스러워 전화 온 줄 몰랐어요.
남편은 아무런 대꾸를 하지 않았다.
여보, 듣고 있어요?
정연이 주위를 둘러보며 손으로 입을 가리고 목소리를 높였다. 전화기 저편에서 한숨 소리가 들려왔다. 졸업식은 끝났는지 누가 무슨 상을 받았는지 올해 의대에는 몇 명이나 진학했는지, 무뚝뚝한 어투로 남편이 물었다. 정연은 졸업식 안내장을 찾느라 가방을 뒤지다가 잠깐 멈칫했다.
한들이가 졸업식장에서 텀블링을 했어요.
정연은 목소리를 낮췄다.
뭐라는 거야? 올해는 의대에 몇 명이나 보냈냐고?
정연의 말을 못 알아들었는지 아니면 그런 일에는 관심이 없다는 것인지 남편의 의중을 알 수 없었다. 정연은 졸업생 진학 상황표에 나와 있는 숫자를 불러주었다. 245명의 졸업생 중 의대에 17명이, 서울대는 21명이 진학했다고 나와 있었다. 남들은 그렇게 의대에 잘도 가는구먼…… 쯧쯧. 혀를 차는 소리가 전화기 너머에서 유난히 크게 들려왔다.
내년에는 한들이가 서울대 의대생이 되어 있을지도 모르잖아요.
정연은 불편한 심기를 보이는 남편을 달래는 한편으로 수빈 엄마조차 자신을 부러워할 만한 상황을 그려보았다.

점심 먹여서 바로 학원 들여보내.

오늘 한들이를 재수학원으로 들여보내는 게 정연의 임무였다. 학원은 경기도 외곽에 있었다. 점심을 먹여 바로 출발해도 반 편성 고사 시간에 빠듯하게 도착할 것이었다.

어젯밤 열한시경 술 냄새를 풍기며 집으로 들어온 남편은 잠자리에 들려는 한들이를 불렀다. 내일이 학원 반 편성 시험인데 수학 문제 하나라도 더 풀어보고 자야 하지 않겠느냐며 나무랐다. 밤늦도록 한들이 방에 불이 켜져 있었으나 공부를 하는 것 같지는 않았다. 한들이는 의대에 마음이 없는 듯했다. 수시 원서를 쓸 때, 다섯 군데는 의대를 나머지 한 군데는 천문학과를 썼다는 것을 결과 발표가 나고서야 알게 되었다. 무슨 마음으로 그랬느냐고 타박하는 정연에게 여섯 곳인데 그중 하나는 자신이 정말 가고 싶은 과를 써도 되지 않겠느냐고 한들이가 대꾸했다.

오 년 전, 갯벌을 매립하여 건설한 신도시에 남편은 병원을 차렸다. 오층짜리 내과 병원은 건강검진센터를 겸하고 있었다. 전문의 자격증을 취득한 뒤 페이닥터를 하며 모은 돈과 시부모님이 가지고 있던 시골의 땅을 팔아 마련한 병원이었다. 집안에서 남편은 자수성가의 모범이었고 기대에 부응하기 위해 안간힘을 썼다. 그래서인지 자신의 생각에 확신이 넘쳤으며 다른 사람을 못 미더워하는 경향이 있었다. 모든 일을 직접 관장하고 싶어 했고 그래야 마음이 놓이는 사람이었다. 자식 교육도 예외는 아니어서 어느 학원이 유명한지 어떤 선생이 잘 가르치는지를 빠삭하게 꿰고 있었으며 그 정보를 정연에게 넘겨주었다. 정연은 남편을 의지했다. 그러나 때로는 일일이 지시를 받고 보고를 해야 하는 일이 부담스러웠고 힘들었다. 그런 사람이었기에 한들이가 의논 한마디 없이 천문학과에 원서를 썼다는 것을 알았을 때는 대로했고 바로 재수를 시키기로 결정했다.

남편의 선택이 늘 옳다고 여기지는 않았다. 그러나 정연이 아는 남편은 삶을 허투루 사는 사람이 아니었다. 목표를 정하면 한 치의 어긋남도 없이 앞으로 나아갔기에 부족함 없는 지금의 생활이 가능했다. 그랬기에 크게 어긋나지 않는다면 남편의 뜻을 거스를 이유가 없었다.

졸업식장을 빠져나온 정연은 학부모 대기실인 세미나실로 향했다. 통유리로 되어 있는 긴 복도 유리창에 글씨가 박혀 있었다.

'지금 잠을 자면 꿈을 꾸지만 지금 공부하면 꿈을 이룬다.' '내가 헛되이 보낸 오늘은 어제 죽은 이가 갈망하던 내일이다.' '공부할 때의 고통은 잠깐이지만 못 배운 고통은 평생이다.' '공부는 시간이 부족한 것이 아니라 노력이 부족한 것이다.' 등등.

살면서 누구나 한번쯤은 들어봤을 법한 격언이었다. 하버드 도서관 벽에 붙은 명언 40가지, 아마 그런 제목이었을 것이다.

열심히 해서 꿈을 이루라는 격려일 텐데도 알 수 없는 기운이 정연의 가슴을 옥죄었다.

정연도 한들이 방 책상 앞에 저런 문구들을 붙여놓은 적이 있었다. 동기부여를 위해서였지만 돌이켜보니 헛된 짓이었다. 세미나실로 들어선 정연은 커피 한 잔을 들고 제일 뒤쪽에 앉았다. 계단식으로 되어 있는 세미나실 뒷자리에서는 앞쪽의 사람들이 훤히 보였다. 낯이 익은 학부모가 여럿 눈에 띄었다. 그들이 모여 주고받는 말이 정연이 있는 곳까지 들려왔다.

누가 맨 처음 시작했어요?

텀블링 말인가요?

왜 있잖아요. 지난가을에 아이들이 유리창에 글귀 붙이고 다닌 거. 그때 일이 떠오르더라니까요.

그때도 누가 선동한 거였잖아요.

학교 품위 떨어지게 무슨 짓인지 모르겠어요.

저는 우리 아이도 그 텀블링인가 뭔가 그걸 할까 봐 얼마나 노심초사하고 봤게요.

한들이가 시작이었다. 왜 단상에서 공중제비를 넘었던 것인지, 정말 다른 아이들을 선동한 것인지는 알 수 없었으나 뭔가 불안하고 찜찜했다. 잠깐이나마 해방감을 느꼈던 마음은 사람들의 수군거림에 패대기쳐졌다. 하지만 다른 한편으로는 율희 엄마의 말처럼 이 학교 아이들만이 할 수 있는 창의적인 퍼포먼스라는 생각이 들기도 했다. 그러니 공중제비 넘은 것을 두고 선동을 했니 말았니, 하는 말들이 오가는 것이 거북했다. 정연은 세미나실을 나왔다.

통유리를 뚫고 들어온 햇살이 세미나실 앞 복도에 가득 찼다. 정연은 미간을 찡그리며 해가 비치는 유리창 밖을 바라봤다. 햇살 뒤편으로 눈이 시릴 정도로 시퍼런 하늘이 펼쳐졌고 그 끝에 까만 점 같은 새가 날고 있었다. 까만 점은 콩알만 해지고 콩알은 엄지손톱만큼 커져 족히 한 뼘이 넘을 만큼 커졌다. 그것이 정연을 향해 돌진했고 정연은 숨을 멈추었다. 툭, 툭. 유리를 부딪는 둔탁한 소리를 내며 새 두 마리가 땅으로 떨어졌다.

한들이가 한 달에 한 번 귀가하는 마지막 주 금요일 오후 학교에 갔을 때였다. 한들이가 유리창에 에이포 용지를 붙이고 다닌다며 담임선생님이 염려했다.

요즘 아이들 같지 않게 감성이 풍부한 아이라는 것은 알지만, 지금 그럴 때가 아니잖아요. 모의고사 점수가 점점 떨어져 걱정이 되기도 하고요.

단순하게 에이포 용지를 붙이기만 하는 게 아니라 시나 소설 속 구절 같은 것을 손 글씨로 써서 붙이고 다닌다고 했다.

집으로 가는 차 안에서 한들이에게 왜 그랬냐고 물었다. 새들이 자꾸 창에 와서 부딪치는데 그럼 가만히 보고만 있어? 한들이가 차가운 얼굴로 되쏘았다. 새들이 죽는 건 네가 어떻게 할 수 있는 일이 아니라고, 너는 공부만 열심히 하면 된다고, 그런 것에 신경 쓰지 말라고 정연은 대꾸했다.

의사가 되라며?

새가 죽는 게 그것과 무슨 상관이냐고 정연이 되물었다. 생명이 죽어나가는 걸 모른 척하는 사람이 의사가 된다면 다른 사람의 목숨은 어떻게 구할 수 있겠느냐고 한들이가 말했다. 단지 돈을 벌기 위해서? 아니면 남들에게 자랑하고 싶어서? 그래서 의사가 되라고 한 것이냐며 따져 물었다. 정연은 말문이 막혔다. 틀린 말은 아니었으나 세상 물정을 모르는 투정 같았다. 그런 건 나중에 의사가 되어서 생각해도 늦지 않다고, 새가 죽는 건 너희들이 관여할 일이 아니라고 겨우 대꾸했다. 너희들이 아니라 선생님이나 학교를 관리하는 사람들이 다 알아서 할 일이야. 중요한 일을 눈앞에 두고 쓸데없는 데 자꾸 신경을 쓰는 것 같아 답답했고 혹여 남편이 알게 되어 시끄러워질까 겁이 났다. 집으로 돌아가는 내내 한들이는 더 이상 어떤 말도 하지 않겠다는 듯 입을 꾹 다물고 창밖으로 고개를 돌려버렸다.

저렇게 죽었겠구나!

정연은 떨리는 가슴을 진정시키려 크게 숨을 내쉬었다. 중앙의 목조계단이 시작되는 앞쪽에서, 한 무리의 사람들이 걸어오고 있었다. 정연은 사람들을 피해 면담실로 들어갔다. 햇빛이 잘 드는 창가 쪽 소파에 앉아 창밖을 바라보니 간간이 날고 있는 새 떼가 보였다.

여기 계셨군요.

율희 엄마가 면담실로 들어와 앞에 앉았다. 마주 보고 앉아 있는 게 어색해서 여기서 율희 만나기로 했느냐고 물었다. 대답은 하지 않고 피식 웃는 율희 엄마 얼굴에 앙상한 나뭇가지 그림자가 칼자국처럼 길게 그어졌다.

한들이가 텀블링할 때 말이에요.

율희 엄마가 정연 쪽으로 몸을 기울였다. 그때 수빈 엄마가 면담실로 들어오더니 정연의 옆에 앉았다. 아이들이 나오려면 한참 기다려야 하는데 세미나실이 너무 시끄러워 피해서 왔다고 했다. 율희 엄마가 수빈 엄마를 흘긋 쳐다보더니 한들이가 텀블링할 때 울컥했지 뭐예요, 하고 말했다.

울컥했다고요? 취향 독특한 건 아시죠? 율희가 엉뚱한 게 엄마를 닮아서인가 봐요.

빈정거리는 말투였다.

제 딸이니 저를 닮는 건 당연하지 않아요?

되받아치는 율희 엄마는 불편한 기색을 숨기려 애쓰지 않았다. 수빈 엄마의 얼굴이 굳었다. 그러나 금세 굳은 얼굴을 풀고 근데 다른 아이들을 선동질하는 건 좀 그렇지 않나요? 했다.

우리 수빈이 뿐 아니라 한들이나 다른 아이들의 진로에까지 율희가 영향을 끼친 건 알고 계시죠? 한들이가 부모 몰래 무슨 천문학과인가 그런데 원서 넣은 것도 율희가 부추긴 거라는 애기도 있어요. 한들이 부모님 입장에선 얼마나 황당했겠어요. 넣으라는 의대에 원서를 안 넣고 천문학과라니.

정연은 처음 듣는 말이었다. 수빈 엄마가 홧김에 질러보는 말이라고 생각하면서도 율희를 의심하게 되었다. 원래 우주와 천문에 관심이 많은 아이였지만 의논 한마디 없이 마음대로 원서를 썼을 리가 없을 것이라는 생각이 새삼 들었다. 정연은 두근거리는 가슴을 진정시키며 율희 엄마를 매섭게 쳐다보았다.

수빈 어머니 말이 사실이에요?

그럴 리가요. 수빈이 의대에 등록하지 않은 일 때문에 수빈 어머니 심기가 불편하신가 본데 아까도 말씀드렸지만 아이들이 누가 하란다고 하는 그런 바보라고 생각하시는 건 아니죠?

율희 엄마가 정연과 수빈 엄마를 번갈아 보았다.

지금 우리 수빈이 바보라고 한 거예요? 아니면 제가 바보라는 건가요?

붉어진 얼굴로 숨까지 쌕쌕 몰아쉬며 수빈 엄마가 따져 물었다.

아이들은 자신의 의지로 결정하고 그 결정을 스스로 책임진다는 말을 하는 겁니다. 수빈이나 한들이처럼 영특한 아이가 설마 우리 율희가 시키는 대로 했겠어요?

　율희랑 한 반이 되기 전까지는 한 번도 뜻을 어겨본 적이 없는 아이였어요. 새가 죽었다고 유난을 떨며 유리창에 글귀를 붙이는 율희를 보며 아이들은 외면할 수 없었을 거예요. 율희가 아이들에게 죄책감을 심어줬고 그래서 동참하게 만든 거죠. 그것뿐인 줄 아세요? 아이들에게 주체적인 삶을 살라고 했대요. 그게 부추긴 게 아니면 뭐겠어요. 안 그래요?

　수빈 엄마는 가방에 달린 에르메스 로고 장식을 만지작거리며 잠깐 유리창으로 고개를 돌렸다가 다시 율희 엄마에게로 시선을 고정시켰다.

　걔들이 뭘 알겠어요. 열아홉 스무 살 때의 우리를 돌이켜봐요. 뭘 대단한 걸 안다고 착각했지만 지나고 보니 젊은 시절의 객기였다는 생각이 들지 않나요? 아이들도 그럴 거예요. 지금은 그런 것이 대단히 멋져 보일 수도 있지만 살아보면 알잖아요. 결국은 남들이 선망하는 일을 하며 사는 게 정답이라는 걸 말이에요. 율희가 얼마나 아이들을 세뇌해놨는지 도통 말을 들으려 하지 않아요. 한번 어긋나면 되돌아오는 데 오랜 시간이 걸린다는 것도 모르고서 말이에요.

　수빈 엄마는 숨을 몰아쉬었다. 창밖으로 새가 삐삐 소리를 내며 나뭇가지 위로 날아올랐다.

말이 나와서 하는 말이지만 한들이도 그래요. 오늘 텀블링인지 뭔지 그것도 무슨 꿍꿍이가 있는 것 같잖아요. 아이들에게 보내는 어떤 신호 같은 거요. 정말 마음에 안 들어요.

신호라니요? 어떤 신호라는 거예요?

정연은 자신도 모르게 목소리를 높였다.

그걸 저한테 물어보시면 안 되죠. 그거야 한들이와 아이들만 알겠죠.

햇살이 마주 앉아 있는 탁자에 비껴들었다. 정연은 그 햇살 속에서 대답을 찾기라도 하려는 듯 쏟아지는 빛줄기를 뚫어지게 보았다.

설령 그게 어떤 신호였다 한들 그런 게 다 무슨 소용이겠어요. 아까 강당에서 새 보셨지요? 그 새가 방향을 틀 수 있었던 거 아이들 덕분이라는 생각 안 해보셨어요? 우리 아이들이 그 새를 살린 거예요. 아니 그보다 더 무수히 많은 새들을 살렸겠죠.

번번이 율희 엄마가 정연의 편을 들었다. 그럼에도 반갑기보다는 불편했다. 조용히 수습할 수 있는 일을 괜히 크게 만드는 것 같아서였다. 고조되는 분위기도 견디기 힘들었다. 한들이가 의대에 지원하지 않은 게 율희 때문이라는 수빈 엄마의 말도 한몫했을 것이다. 마침 휴대폰이 울렸고 정연은 통화를 핑계로 면담실을 나왔다.

늦지 않게 출발해.

아까도 말했잖아요.

원래 그런 사람인데도 자꾸 단속하고 재촉하는 남편이 오늘따라 짜증스러웠다.

왜 그래, 무슨 일 있어?

정연은 숨을 가다듬고 졸업식장에서 한들이가 텀블링을 했다고 말했다. 전화기 저편에서 남편을 찾는 간호사의 목소리가 들렸다. 이번에도 남편은 학원에 잘 데려다주고 오라는 당부만 하고 전화를 끊었다. 정연은 유리창을 뚫고 들어오는 햇살에 눈을 찡그리다 꾸덕꾸덕 말라가고 있는 누르스름한 액체를 보았다.

정연은 서둘러 바깥으로 나갔다. 새는 보이지 않았다. 잠깐 정신을 잃었던 새는 깨어나 날아갔는지도 몰랐다. 나뭇가지에 새 몇 마리가 앉아 삐삐 소리를 내며 지저귀고 있었다. 눈으로 새를 쫓다 앞발을 구부리고 경계하듯 꼬리를 치켜든 채 무언가에 열중하고 있는 고양이 두 마리를 발견했다. 가까이 갔을 때 정연은 고양이가 머리를 처박고 먹고 있던 게 죽은 새라는 것을 알았다. 정연은 고양이를 향해 저리 가라고 소리쳤다. 고양이는 정연을 올려다보며 성난 울음소리를 내며 등을 곧추세웠다. 그러나 자리를 뜨지는 않았다. 정연이 나무막대기를 찾아 휘둘렀을 때에서야 뒤로 물러났다.

고양이가 먹다 남긴 새는 머리가 사라지고 없었다. 회갈색

바탕에 가슴에 흰 반점이 있는 것으로 미루어 직박구리 같았다. 햇살은 좋았으나 찬바람이 윙윙 소리를 내며 나무 둥치를 감았다가 건물을 감았고 운동장을 한 바퀴 쓸고 지나갔다. 섬뜩한 한기가 옷 속으로 파고들었다. 하지만 그 자리를 쉽게 뜰 수가 없었다. 고양이는 멀지 않은 곳에 숨어서 이야아오옹 이야아오옹, 하고 울어댔다. 주위를 둘러본 정연은 죽은 새 위로 누런 잔디를 긁어 덮었다. 정연이 자리를 뜨면 고양이가 금방 파헤칠 것이었지만 어쩔 수 없었다.

정연은 건물 안으로 들어갔다. 한기가 조금 가셨다. 비탈 지형을 그대로 이용하여 지은 기역자 모양의 건물은 계단으로 길게 연결되어 있었다. 한들이가 나오길 기다려야 했다. 세미나실에 모여 쑥덕거리던 학부모들은 수빈 엄마의 말처럼 한들이가 뭔가를 주동한다고 생각하는지도 몰랐다. 그렇다고 다시 면담실로 들어가 율희 엄마나 수빈 엄마를 마주하고 싶지도 않았다. 정연은 휴대폰을 들고 복도를 서성였다. 그때 면담실 문이 열렸다.

율희가 아프다고 해서 참으려고 했는데 더는 그럴 수가 없네요.

정연은 면담실로 갔다. 수빈 엄마를 비롯해 대여섯 명의 학부모들이 율희 엄마를 빙 둘러싸고 있었다.

우리 애들 어쩔 거예요?

몇 번 수빈 엄마랑 이야기를 나누는 것을 본 적이 있는 얼굴이었다.

대체 뭘 어쩌라는 거예요. 몇 번이나 말해야 말귀를 알아들어요.

율희 엄마가 지친다는 듯이 손을 내저었다.

한들이 어머니 이쪽으로 와봐요. 한들이도 피해자잖아요. 한마디 하셔야죠. 하실 말씀 많을 거 같은데.

율희 엄마를 가운데 두고 빙 둘러서 있는 학부모들을 보자 속에서 뜨거운 불덩어리가 올라왔다. 정연 역시 율희에게 원망이 전혀 없는 것은 아니었다. 그러나 한들이가 무턱대고 율희의 말을 따랐을 것이라 생각하고 싶지 않았다.

누가 피해자고 누가 가해자죠? 율희가 강요했을 리가 없을 텐데요. 적어도 우리 한들이는 자기 생각으로 천문우주학과를 쓴 거예요. 가만히 생각해보니 예전부터 그쪽에 관심이 많았던 것 같아요.

한들이는 별자리 보는 것을 좋아했다. 초등학교 교육청 영재에 발탁되어 영재원에 나가면서는 별과 별 사이 거리를 계산하는 방법에 대해 종알종알 늘어놓기도 했다. 우주가 얼마나 광활한지 별은 어떻게 생겨났다 사라지는지 눈을 반짝거리며 설명했다. 고교입시를 앞두고 있을 때 한들이가 과학고에 가고 싶어 한다는 것을 알면서도 자율형사립고등학교에 입학시켰다.

그러면 재수는 왜 시키는 건데요? 천문우주학과에 붙었는데 거기로 보내면 되잖아요.

수빈 엄마였다. 정연은 멈칫했다. 의대에 보내기 위해 그것도 가능하면 서울대 의대에 보내기 위해, 한들이의 재수를 결정했다. 새삼 아들이 의사가 되어도 좋겠지만 천문과 우주를 연구하는 학자가 되는 것도 나쁘지 않을 것 같았다.

유리를 인지하지 못해 죽는 새가 한 해에 800만 마리나 된다고 해요. 우리가 아이들 눈을 가리고 있으면 유리창이 가로막고 있는 줄도 모른 채 무모한 죽음에 이르는 새들처럼 될지도 몰라요. 아이들 스스로의 의지로 자신이 하고 싶은 일을 찾도록 하는 거 그게 우리 부모들이 할 일이지 않을까요.

신사임당 나셨어. 뭐 자기만 애들 위하는 줄 아는 거야 뭐야?

누군가 빈정거렸다. 하지만 율희 엄마는 주눅 들지 않았다.

억지로 할 수 있는 일은 없어요. 꼭 의사가 되는 길만이 최선이라고 생각하지도 않고요. 아이들이 관심 있어 하는 분야에서도 얼마든지 훌륭한 일을 할 수 있을 거예요.

율희 엄마 말이 맞았다. 모든 사람들이 의사만을 고집한다면 사회는 제대로 돌아가지 않을 것이다. 다양한 분야에서 각자 자신의 꿈을 펼쳐야 했다. 하지만 언제나 그랬듯 옳은 말이 듣기 좋은 것은 아니었다. 대부분의 사람들은 옳은 일은 내가 아니라 다른 사람이 해주기를 바랐다.

그것 또한 각자 알아서 해야 하는 것 아닌가요? 감히 율희나 율희 어머니가 다른 사람들에게 그렇게 하라고 강요할 수는 없지요. 강요해서도 안 되고요. 안 그래요?

수빈 엄마가 주위를 둘러보았다. 다른 학부모들이 고개를 끄덕였다. 면담실은 이상한 열기로 가득했다. 활활 타오르지 못하고 뭉근하게 연기를 피워 올리며 공기를 탁하게 만드는 열기처럼 그것은 몹시 찝찝하고 불쾌한 것이었다.

다들 그만해요. 여기서 이럴 게 아니라 집으로 돌아가셔서 아이들과 상의해야 할 문제인 거 같아요.

정연은 가방에서 휴지를 꺼내 땀을 닦으며 말했다.

아이들과 타협할 수 없으니 이러는 거 아니에요.

다시 누군가 버럭 소리를 질렀다. 그때 면담실 문밖에서 웅성거리는 소리와 함께 박수 소리가 났다. 면담실에 있던 사람들이 문 쪽을 쳐다보더니 하나둘 밖으로 나갔다. 면담실에는 율희 엄마와 정연만 남았다. 면담실을 채웠던 후덥지근한 열기가 서서히 가라앉았다.

새를 묻어주는 걸 봤어요.

율희 엄마가 창밖을 보며 말했다.

제대로 묻어주지 못했는걸요.

복도에서 다시 웅성거리는 소리가 났고 정연은 율희 엄마에게 인사하고는 면담실을 나갔다. 목발을 짚고 서 있는 율희를 둘러싼 아이들이 박수를 쳤다. 한들이와 수빈이 율희 옆에 서 있었다. 아이들 몇몇이 번갈아가며 율희와 사진을 찍었다. 한들이가 저렇게 환하게 웃는 것을 본 건 오랜만이었다. 시계를 보았다. 자칫하다가는 학원에 늦을 수도 있었다. 정연은 한들이를 재촉해 교문 밖에 세워둔 차로 갔다. 언젠가부터 한들이는 옆자리 조수석에 타지 않았다. 가까이하고 싶지 않다는 듯 뒷자리에 앉아 휴대폰만 들여다봤다. 시동을 걸며 뒤돌아보니 봉황의 형상을 한 학교 마크가 눈에 들어왔다.

한들이가 재학중이던 지난 삼 년 동안 정연은 한 달에 한두 번 이곳을 다녀갔다. 한들이는 매월 마지막 주 금요일에 귀가했고 일요일에 학교로 돌아갔는데 그럴 때마다 정연이 동행했다. 가끔 주말에 남편과 함께 면회를 오기도 했다. 정연에게는 이 학교를 향해 핸들을 돌리는 일이 자랑이었고 자부심이었다. 그 자부심 뒤에는 큰 기대가 있었다. 한들이가 이 고등학교 교문을 드나들지 않게 되었을 때는 대한민국에서 내로라하는 대학교의 교문을 드나들고 있을 거라는 믿음이 그것이었다.

정연은 룸미러로 뒷좌석에 앉은 한들이를 봤다. 표정이 어두웠다. 대로로 빠져나오기 전 과학고와 국제고가 보였다. 명문 고등학교가 한곳에 모여 있는 터였다. 입학할 때만 해도 아파트 공사로 한창이었는데 이제는 우뚝 솟은 아파트 건물들에 가려 대로에서 학교가 잘 보이지 않았다. 아직 남아 있는 근처의 공터들도 얼마 지나지 않아 아파트 단지가 들어설 것이었다. 둥글게 좌회전을 해서 신도시를 돌아 나오니 21.4킬로미터나 된다는 한국에서 가장 긴 다리가 보였다. 섬을 육지와 잇는 해상도로였다. 정연은 6차로인 대교로 들어섰다. 아침에는 바다가 시퍼랬는데 지금은 수위가 한참 낮아져 길게 잿빛의 갯벌이 이어지고 있었다.

율희 다쳤다더니, 아직 덜 나은 거니?

한들이가 대답 없이 휴대폰만 들여다보고 있었다.

체육관에서 나오다 유리에 붙은 문구 봤어. 완전 빡치겠던데.

꽉 막힌 듯 가슴이 답답해오던 기분이 떠올랐다. 그제서야 한들이가 휴대폰에서 눈을 떼고 정연을 보았다.

왜? 내로남불 아니냐고?

정연의 말에 한들이가 소리 내어 웃으며 엄마가 나한테 했던 걸 알긴 아나 보네, 했다.

통유리에 글씨를 새겨 넣어 다행이긴 한데, 그게 또 그런 빤한 글귀를 적어놓으니 화가 좀 나는 거야. 그래서 오늘 졸업식에서 틀을 깨는 어떤 걸 해보자 싶었지. 근데 마땅한 게 떠오르지 않아서. 겨우 생각해낸 게 텀블링하는 거였고 신기하게도 그걸 하고 나니 속이 후련해지더라고. 생각도 단단해지는 것 같고.

한들이의 휴대폰 메신저 음이 울렸다.

다른 아이들이 텀블링할 줄은 몰랐어.

말을 하면서도 한들이는 양손 엄지손가락을 열심히 놀렸다. 학교 통유리창에 붙은 글귀를 보고 가슴이 답답했던 이유를 알 수 있었다. 그 글귀는 첫 날갯짓을 하는 아이들에게 비상하지 못함을 책망하고 있는 것처럼 보였기 때문이었다.

율희 많이 다쳤었나 보던데 지금은 괜찮은 거니?

한들이가 손에서 휴대폰을 내려놓았다. 핸들을 돌리는 정연의 손에 땀이 찼다.

새들이 죽는다고 학교에 알렸지만 아무 조치도 취해주지 않았고 그래서 율희랑 나랑 유리창에 글귀를 붙이고 다녔어. 그러다 사다리에 올라간 율희가 떨어졌고. 어른들은 참 이상해. 말로는 이타적인 삶을 살라고 하면서도 막상 그렇게 살려고 하면 못하게 막아. 오로지 타인만이 그런 삶을 살길 바라는 것처럼.

한들이의 말에 뜨끔한 정연은 어떤 대꾸도 못하고 가속페달을 밟았다. 차창 유리로 들어온 흰색의 빛 조각들이 부서져 내렸을 때는 대교가 웅장한 건물처럼 앞에 버티고 서서 정연을 압도했다. 달리는 차가 휘몰아치는 겨울바람 때문에 휘청거렸다. 대교 한가운데를 지나고 나니 다시 갯벌이 나타났다. 한들이가 불쑥 입을 열었다.

엄마! 나 학원 안 들어갈 거야. 천문 공부도 계속할 거고.

놀란 정연이 그게 가능하냐고 물었다.

혹시나 해서 이모한테 부탁해 등록해놨어. 아침에 집에서 나올 때까지도 확신이 서지 않는 거야. 아빠나 엄마 말을 들어야 하는 게 아닌가 싶기도 하고. 그런데 이제 분명해졌어. 내 삶은 내가 결정하고 책임져야 한다는 걸 말이야.

그때 블루투스로 연결된 스피커폰으로 지금 어디냐고 묻는 남편의 목소리가 들려왔다.

꾸물거리지 말고 서둘러. 학원에 늦지 않게.

대체 몇 번을 말해요. 오늘 한들이 고등학교 졸업하는 날이라고요.

정연의 목소리가 커졌고 한들이가 정연을 봤다.

누가 그걸 몰라. 그 학원 원장한테 특별히 부탁해서 들어가는 거니까 반 편성 고사 잘 보라는 건데, 도대체 뭐가 불만인 거야?

남편은 쳇소리를 내며 숨을 씩씩댔다.

한들이가 졸업식장에서 텀블링을 했다고요.

아까부터 대체 뭐라는 거야.

남편은 무슨 말인지 도저히 알 수 없다는 투로 되물었다.

한들이가 공중제비를 돌았다구요.

그게 뭐? 오늘 당신의 임무는 한들이 학원에 잘 입소시키고 돌아오는 거야, 알아들어?

정연이 뭐라고 대꾸할 새도 없이 전화가 뚝 끊겼다. 창문을 열었다. 바닷바람이 얼굴을 할퀴고 지나갔다. 수의사가 꿈이었던 율희는 올 한 해 다시 수능 준비를 해서 생태 쪽이나 환경운동가가 되는 그런 공부를 해보고 싶어 한다고 한들이가 말했는데 그 목소리가 아득하게 느껴졌다.

엄마 저기.

한들이가 손가락으로 앞쪽 차창 너머를 가리켰다. 한 무리의 새 떼가 앞쪽에서 날아왔다. 갑자기 단상에서 공중제비를 돌던 한들이가 떠올랐다. 첫 날갯짓을 시도하는 어린 새처럼 불안정해 보였지만 금방 하늘을 훨훨 날아 정연이 알지 못하는 세계로 날아가버릴 것 같았다.

오늘 내내 뭔가 정연을 불편하게 했던 일, 남편의 전화나 학교 통유리창에 붙어 있던 문구, 수빈 엄마나 율희 엄마가 내뱉는 모든 말들. 남편의 가치관에 자신을 맞추며 지시를 따르는 일을 당연히 여기며 살았던 지난날에 대한 반성 혹은 자각 같은 것일까. 이제 막 정오를 지났으나 오늘 하루 정연의 생에 많은 것들이 머물다 사라진 기분이었다.

한 번 더 얘기하는데, 오늘 한들이 학원에 제때 잘 입소시켜.

평소와 다른 정연의 태도에 남편은 마음이 놓이지 않는지 다시 전화를 걸어와 다짐을 두었다. 정연은 남편의 그런 일방적인 태도가 거슬렸다. 학교 유리창에 붙어 있던 글귀를 봤을 때처럼 가슴이 답답해왔다. 평소라면 고분고분 남편의 말을 따랐을 테지만 오늘은 그러고 싶지 않았다.

그런 게 다 무슨 소용이에요.

몰라서 물어? 애 인생이 달린 문제야.

남편이 목청을 높였다.

그러니까요. 한들이 인생은 우리가 결정할 문제가 아니라고요!

통화 종료 버튼을 누르고 가속페달을 밟았다. 정연은 자신이 어디까지 갈 수 있을지 알 수 없었다. 그럼에도 일단은 시도해보리라 다짐했다. 새들은 정연이 지나왔던 방향으로 날아가버렸다. 대교 한가운데서 차를 돌릴 수 없다면 대교 끝까지 갔다가 되돌리면 되는 것이었다. 가다가 되돌아오는 한이 있더라도 한번 가보는 거다. 다시 앞쪽에서 한 무리의 검은 새 떼가 줄을 지어 날아왔고 정연은 방향을 바꾸기 위해 가속페달을 밟으며 대교 끝으로 달려갔다. 그때 언뜻 새들 무리 속에 섞여 정연을 향해 손짓하는 한들이를 본 것 같았다. 룸미러로 뒷좌석을 살폈다. 한들이가 보이지 않았다.

비 내리는 밤에 우리는

구월이 끝나가는데도 기온이 좀처럼 내려가지 않았다. 식탁에 앉아 휴대폰을 내려다보고 있던 영숙이 주섬주섬 시장 가방을 챙겨 들었다. 영숙은 방에 고개를 들이밀었다. 남편은 방문을 등지고 책상에 앉아 고개를 수그리고 있었다.
"마트에 다녀올게요."
영숙이 말했다. 소리 나게 방문을 닫을 때까지도 남편은 고개를 들지 않았다.
집 밖으로 나오니 금방이라도 비가 한차례 쏟아질 것처럼 습한 기운이 감돌았다. 영숙은 살갗에 달라붙는 끈적한 기운을 떨쳐내려는 듯 팔을 휘휘 젓고는 하늘을 올려다보았다. 구름은 독성을 품은 폐수처럼 불길해 보였다. 그녀는 쫓기듯 마트 안으로 들어섰다. 쇼핑카트를 밀며 사람들이 붐비는 식품 판매대로 들어서고 나서야 숨이 제대로 쉬어졌다.

  노르웨이산 고등어를 집었다. 구울 때 집 안을 떠도는 비린내가 싫었지만 마트에 갈 때마다 잊지 않고 챙겼다. 일본산 수산물이 팔리지 않으니 원산지를 속인다는 말이 돌았다. 찜찜했으나 별수 없었다. 국산 전복과 김과 등갈비를 카트에 담았다. 짜장 가루와 어묵을 고른 뒤 유제품 앞에 서서 한참을 들여다보았다. 제조 일자와 유통기한을 꼼꼼히 살펴 고칼슘 우유와 치즈 그리고 요구르트를 담았다. 달지 않은 과자를 골랐고 유기농 채소와 과일을 집었다. 식재료들이 수북이 담긴 카트를 보면서도 영숙은 찜찜했다. 제대로 장을 보지 못한 것만 같았다. 아무리 생각해도 무엇을 빠뜨렸는지 기억나지 않았다. 등갈비를 샀다. 딸 소연이 좋아하는 잡채를 하기 위해서는 당근과 양파와 버섯 그리고 어묵이 있어야 했고 갈비찜을 하려면 간 밤과 양파, 대파 같은 재료들이 필요했는데 그것들은 집 냉장고 신선칸에 보관되어 있었다. 영숙은 찜찜한 마음을 지우며 계산대에 섰다. 앞 사람이 계산대에 올려놓는 게를 보고서야 아차 싶었다. 영숙은 빠르게 카트를 밀며 수산물 코너로 갔다. 톱밥에서 집게다리를 들어 올리고 있는 게 다섯 마리를 집어 상자에 담아 달리다시피 계산대로 왔다. 서두르지 않으면 저녁

상을 차리기 빠듯할 것이었다.

밖으로 나오니 공기가 심상치 않았다. 바람이 뺨을 세게 후려치며 지나갔다. 영숙은 발걸음을 떼지 못하고 한참을 망설이다 결국 전화를 걸었다.

"여보, 마트 왔는데 비가 오네요. 지금 데리러 올 수 있어요?"

영숙은 거짓말을 보탰다. 무거운 가방도 문제였지만 왠지 비가 내릴 것만 같은 거리를 나설 용기가 나지 않았다.

"여보세요? 듣고 있어요? 비가 온다고요."

대답이 없는 전화기 너머로 영숙은 숨을 들이쉬었다. 답답함이 목 끝까지 차올랐다. 지민이 그렇게 된 뒤로 남편은 입을 다물었다. 말이 많은 사람은 아니었으나 그나마 나누던 일상적인 대화조차 사라져버렸다. 침묵이 감정의 낭비를 막는다고 여겼다. 하지만 소비되지 못하고 쌓인 감정은 때때로 태풍이 되어 휘몰아쳤다. 그런 날이면 영숙은 집에 앉아 있을 수가 없었다. 숨을 헐떡이며 뛰어가다 보면 어느새 신축단지 인공 연못 앞이었다. 영숙의 눈앞으로 무언가 휙 지나갔다. 영숙은 달렸고 끝내는 그것을 물에서 건져 집으로 가져왔다.

바람이 점점 더 거칠어졌다. 길을 지나는 사람들은 비가 내리지 않는데도 마치 폭우를 피하듯 우산을 움켜쥐고 고개를 숙인 채 허둥대고 있었다. 반대 방향으로 걸어오던 사람 몇몇의 우산이 뒤집혔다. 사람들은 뒤집힌 우산을 잡고 하늘로 날아갈

듯 매달려 걸었다. 길을 가는 사람 어느 누구의 표정도 밝지 않았다. 누군가는 우는 것처럼 눈꼬리가 처져 있었고 또 다른 누군가는 화가 난 듯 미간에 주름이 잡히고 눈썹이 치켜올라가 있었다.

남편은 데리러 오지 않을 것이었다. 당장 집을 향해 걷든, 택시를 잡든 무언가 행동해야 했다. 하지만 자꾸 몸이 움츠러들었다. 그때 귓가를 때리는 자동차 경적에 퍼뜩 정신이 들었다. 남편이 무표정한 얼굴로 핸들에 손을 얹은 채 앞을 보고 있었다.

"어딜 가면 간다고 말을 하지 않고."

영숙은 조수석에 앉으며 볼멘소리를 하는 남편을 쳐다보았다. 전방을 주시하고 있는 남편의 머리칼이 희끗희끗했다. 퇴직한 뒤로 염색하지 않아 남편은 더욱 추레하게 늙어 보였다.

"아까, 마트 다녀온다고 했잖아요."

부드럽게 말하려고 하는데도 목소리가 갈라졌다. 영숙은 창밖으로 고개를 돌렸다. 이르게 떨어진 퍼런 나뭇잎 몇 개가 길바닥에 달라붙어 물 밖으로 나온 생선처럼 파닥였다. 다행인지 불행인지 차를 주차할 때까지도 비는 오지 않았다. 뒷좌석에서 시장 가방을 꺼내 드는 남편의 등이 구부정했다. 영숙의 집은 계단 끝에 있었다. 이층까지 오른 남편은 계단참에 서서 숨을 헐떡였다. 영숙은 엉거주춤한 자세로 서 있는 그가 신경 쓰였으나 모르는 척 다시 계단을 올랐다. 남편은 비틀거리며 들고 온 시장 가방을 식탁 위에 내려놓고는 방으로 들어가려고 했다.

"저녁에 소연이가 은호랑 같이 집에 들르겠대요."

걸음을 옮기려던 남편이 멈춰 서서 돌아보았다.

"소연이가? 무슨 일로?"

"무슨 일이긴요. 한동안 집에 오지 않았잖아요. 추석 때도 그렇고."

"다른 말은?"

"다른 말 뭐요?"

"추석 때도 안 왔는데, 갑자기 뭔 일인가 싶어서."

"무슨 말을 그렇게 해요. 자식이 부모 집에 오는데 꼭 뭔 일이 있어야 해요?"

남편은 영숙의 말에 더 이상 대꾸하지 않고 방으로 들어갔다. 가방 안에 든 물건들을 꺼내는 동안에도 게가 사각사각 긁는 소리를 냈다. 영숙은 게의 몸에 묻은 톱밥을 씻어낸 뒤 냉동실에 넣었다. 두 시간쯤 지나면 게는 모든 움직임을 멈출 것이었다. 게가 동면에 드는 동안 영숙은 등갈비를 찬물에 담갔다. 고등어와 전복과 삼겹살은 냉동실로 김은 찬장으로 옮겼다. 냉장실 서랍을 열고 고칼슘 우유와 치즈, 요구르트를 넣다 영숙은 멈칫했다.

'이제 먹을 사람도 없는데……'

그런 생각이 들자 가슴이 먹먹해졌다. 영숙은 이내 서랍을 정리하며 나중에라도 마트에 가서 바꿔야 할지 고민했다. 그러다 곧 냉장실에 그것들을 정리해 넣었다. 고칼슘 우유와 치즈 그리고 유산균이 풍부한 요구르트는 영숙과 남편이 먹어도 될 것이었다.

영숙은 냉장고에 있는 식재료들을 꺼냈다. 마음이 분주했다. 쌀을 씻는데 간간이 바람 부는 소리가 들렸다. 비라도 오는 건가 싶어 영숙은 창밖을 내다보았다. 금방이라도 비가 퍼부을 듯 구름이 낮게 내려앉아 있었다. 뒤집힌 우산을 쓴 사람들이 듬성듬성 보였다. 창 너머로 손을 내밀었다. 어쩌다 한 방울 손바닥에 빗방울이 닿았다.

소연을 생각하면 마음이 심란했다. 비라도 대차게 내린다면 뭐라고 말해야 할까. 그날의 일은 잊으라고 윽박지르기라도 해야 할까. 아무것도 아니니 괜찮다고, 그런 것에 의미 두지 말라고 해야 할까. 같이 울어야 할까. 영숙은 머리에 닿는 빗물을 털어내듯 머리를 흔들어 떠오르는 불안감을 털어냈다. 소연에게 제대로 된 밥 한 끼를 먹이는 것, 오늘은 그것만 생각하자.

그날 이후 소연을 보지 못했다. 소연은 집에 오지 않았고 영숙의 전화를 받는 일도 드물었다. 어쩌다 받아도 무거운 침묵으로 일관했기 때문에 영숙은 물에 젖은 휴지가 된 기분이었다. 앙상하게 마른 소연이 입을 꾹 다문 채 고개를 떨구고 있는 모습이 떠올랐다. 뭐라도 먹고 힘을 내야지. 아무렴. 생명은 모름지기 먹는 힘으로 사는 거지. 그런 생각을 하며 영숙은 바쁘게 손을 움직였다. 감자와 당근과 양파의 껍질을 벗겨냈다. 추석 무렵 까두었던 햇밤도 꺼냈다. 갈비찜에 들어간 밤을 소연이 좋아했다. 등갈비의 핏물이 빠지는 동안 채소를 손질하고 잡채 거리도 준비했다. 소연은 어릴 때부터 짜장이 들어간 잡채를 좋아했다. 갈비는 오랜 시간 푹 고아야 고기의 살점도 부드럽고 깊고 진한 맛이 났다. 등갈비가 담긴 찜솥을 불에 올린 다음 잡채를 준비했다. 당근, 양파, 표고버섯과 청양고추 그리고 어묵을 채 썬 뒤 그것들을 진간장과 설탕 후추를 넣고 살짝 볶다가 물을 붓고 고춧가루 반 순가락과 짜장 가루 한 순가락을 넣었다. 키포인트는 고춧가루와 짜장 가루였다. 그것들이 보글보글 끓어오르면 불려놓은 당면을 넣고 볶아내면 잡채가 완성될 것이었다.

"엄마가 만든 잡채가 제일 맛있어."

소연이 임신했을 때 잡채가 먹고 싶다며 한 말이었다.

"엄마만의 레시피잖아. 사 먹으려고 해도 짜장이 들어간 잡채를 구할 수가 없네."

소연은 영숙을 부려먹는 게 미안하다는 투였다.

영숙은 소연을 먹일 생각에 가슴이 부풀었다. 냉동실에 넣어 둔 게를 꺼내왔다. 양념게장은 은호가 좋아하는 음식이었다. 솔로 구석구석 씻은 뒤 몸통의 가시와 살이 없는 게의 다리 끝부분을 잘라냈다. 게딱지를 벗겨내는 일은 여전히 쉽지 않았다. 힘껏 딱지와 살을 분리해낸 뒤 아가미를 떼어냈다. 미리 연락했더라면 오늘쯤 맛이 들게 했을 텐데, 하는 아쉬움이 남았다. 만들어두면 가져가 내일이나 모레 먹으면 될 것이었다.

결혼하고 첫 명절을 맞았을 때 시어머니는 영숙 앞에 게를 내놓았다. 집게발을 쳐든 게가 바닥을 긁으며 싱크대를 기어다녔다. 어쩌지 못하고 그것을 바라보는 영숙을 밀어내며 시어머니는 식초와 소주가 섞인 수돗물 속으로 게를 집어넣었다. 물에 잠기며 보글보글 거품을 뿜어내던 게는 금세 잠잠해졌다.
"기절시키는 게 먼저다."
이십 분쯤 지났을 때 솔을 건네며 시어머니가 말했다. 영숙은 조심조심 게를 닦았다. 시어머니가 지켜보고 있었다. 솔을 게의 다리 밑으로 집어넣었을 때 관절이 움찔거렸다. 눈을 질끈 감고서 시어머니가 시키는 대로 가시와 다리 끝부분을 잘랐다. 영숙의 손에서 게는 발작하듯 다리를 떨었다. 살아 숨을 쉬는 게의 등딱지를 떼어내야 하는 일은 끔찍했으나 영숙은 이를 악물었다. 게장 만드는 법을 배운 지 십 년이 지나서야 영숙은 게의 비린 맛을 그럭저럭 견딜 수 있었고 시어머니 입맛에 맞는 게장을 담글 수 있었다. 시어머니가 세상을 뜬 해부터 더는 산 게를 집에 들이지 않았다. 그러나 가족이 된 사위 은호가 가장 좋아하는 음식이 양념게장이라는 것을 알고부터 영숙은 다시 게장을 만들기 시작했다. 산 게를 손질하는 걸 끔찍하게 여기던 영숙이었으나 자식의 입에 들어간다고 생각하니 견딜 만했다.

영숙은 키위와 사과를 갈아 고춧가루를 섞어 만든 붉은 양념으로 게를 버무렸다. 흰살과 만난 붉은 양념은 보기만 해도 먹음직스러웠다. 하루나 이틀쯤 냉장고에 넣어두면 제대로 맛이 들 것이었다.

밥솥이 칙칙 김을 피워 올리고 있을 때 소연과 은호가 왔다. 집으로 들어서는 소연을 보자 영숙은 목이 메었다.

음식을 차린 식탁에 네 사람이 마주 앉았다. 지민이 태어난 뒤로 넷만 모인 건 처음이었다. 소연이 젓가락을 들고 겨우 밥 몇 알을 입으로 가져갔다. 영숙이 갈비찜을 밀어주었다. 소연이 갈비찜에 젓가락을 가져갔으나 여전히 깨작댈 뿐이었다.

"짜장 가루 넣은 잡채, 네가 좋아하는 거잖니."

영숙은 잡채 접시를 소연 앞으로 밀었다. 쇠꼬챙이처럼 마른 소연이 가여웠고 안절부절못하는 은호가 안쓰러웠다.

"온다고 미리 연락했으면 오늘 맛있게 먹을 수 있었을 텐데."

은호에게는 양념게장 접시를 밀어주며 아쉬움을 토로했다.

"맛있어요. 제대로 된 밥 오랜만이거든요."

은호가 말했다. 미간을 찡그린 채 잡채를 노려보던 소연이 영숙에게로 고개를 돌렸다.

"먹자. 살려면 뭐든 먹어야지."

영숙이 잡채를 집어 소연의 밥그릇에 한 젓가락 올렸다. 좋아하던 음식이니 일단 입에 들어가면 식욕이 살아날 것이었다. 시작이 어렵지 한번 입에 들어간 음식은 자꾸 손이 가게 되어 있었다. 영숙이 갈비찜에서 밤을 골라 소연의 밥 위에 올리고 있었다. 소연이 영숙의 젓가락을 밀어냈고 밤이 바닥으로 떨어졌다.

"그러니까 이러지 말라고요. 내가 애예요?"

존대는 명백하게 선을 긋고자 할 때 나오는 소연의 말버릇이었다. 영숙은 젓가락을 내려놓고 싶은 마음을 거두어 보란 듯이 갈비를 뜯고 잡채를 집어 먹었다. 소연은 영숙과 식성이 비슷했다. 비린 것을 좋아하지 않았고 갈비나 잡채 같은 달콤한 맛이 나는 음식을 즐겼다. 짜장이 든 잡채를 좋아하는 것도 그래서였다. 소연을 먹이려고 얼마나 바쁘게 움직였던가.

영숙은 호로록 소리를 내며 당면을 빨아들이고 채 썬 어묵을 젓가락 가득 집어 먹었다. 목이 메었지만 내색하지 않았다. 소연이 그런 영숙을 물끄러미 쳐다봤다. 감정을 알 수 없는 시선이었다.

"지민이도 잡채 좋아……"

말을 하다 말고 영숙은 얼른 입을 닫았다. 지민의 이름을 발설한 건 실수였다. 소연의 입맛을 돋우는 데 집중하다 보니 자신도 모르게 지민을 언급하고 말았다.

잡채를 좋아하던 아이는 포크로 당면을 떠서 입에 넣으려다 미끄러지는 게 성에 차지 않았던지 결국 손으로 집어 먹고는 배시시 웃었다. 할미, 또 줘. 입술에 거뭇거뭇한 짜장 국물을 묻힌 아이가 분홍빛 혓바닥으로 입술을 핥았다. 그러고는 새로 덜어준 당면과 가늘게 채 썬 어묵을 호로록거리며 먹었다. 다람쥐처럼 양볼을 볼록하게 만들어 오물오물 잡채를 씹으며 식탁을 두들기던 아이의 빨갛게 상기된 얼굴이 떠올랐다.

"얼른 먹어라."

영숙은 울컥하는 마음을 누르며 말했다. 가시가 박힌 것처럼 목구멍이 따끔거렸다.

"밥 먹어. 은호도."

남편이 말했다. 영숙 부부와 소연 부부는 식탁에 앉아 다시 밥을 먹기 시작했다. 그릇 달그락거리는 소리와 음식물 씹는 소리가 백색소음처럼 들렸다. 집 안은 남편과 둘이 있을 때보다 더 적막하게 느껴졌다.

"다음 달에 에스토니아 주재원으로 가요."

침묵 속에서 식사를 끝냈을 때 소연이 말했다.

"에스토냐? 주재원? 그게 다 뭐냐?"

싱크대로 빈 그릇을 들고 가다 영숙은 멈칫했다. 에스토니아 주재원으로 간다는 말을 이해하지는 못했지만 뭔가 좋지 않은 느낌을 떨쳐버릴 수 없었다. 에스토니아가 유럽의 저 안쪽, 러시아 근처에 있는 발트 삼국 중 하나이며 그곳으로 파견근무를 나간다는 이야기라고 은호가 소연 대신 설명했다. '러시아'라는 나라 이름이 머리에 박혔다. 영숙의 손에서 미끄러진 접시 하나가 개수대로 떨어졌다.
"이 시국에? 그쪽은 계속 전쟁 중이잖니."
감정을 섞지 않으려고 애썼으나 목소리가 떨려 나왔다. 영숙은 주먹을 쥐고 가슴을 가볍게 두드렸다.
"러시아와 우크라이나가 전쟁 중이니 에스토니아는 크게 걱정하지 않으셔도 될 거예요."
은호였다.
"그건 그렇다 치고, 둘이 같이 가는 거냐?"
남편이 인상을 찌푸리며 언성을 높였다. 은호랑은 이야기가 끝났다고 소연이 말했다.
"저도 직장이 있으니까요."
은호가 대꾸했다. 그 말은 소연이 파견 나가는 것에 동의했다는 것을 의미했다. 뭔가 엇나가는 느낌이었다. 무슨 말이든 해야 한다고 생각하던 영숙은 불안감을 애써 누르며 안 가면 안 되겠니? 했다. 그때 영숙의 입을 막듯 번쩍 번개가 쳤고 얼마 후 천둥 소리가 작게 들려왔다. 소연의 동공이 커졌다. 창밖은 금방이라도 비가 쏟아져 내릴 듯 어두컴컴했다. 심장이 쿵쿵 소리를 내며 뛰었다. 영숙은 얼른 커튼을 내렸다.
"다 지나가게 되어 있어."
영숙이 말했다.
"그러니 에스토냔지 뭐 그런 나라에는 가지 마."
소연의 시선이 영숙에게로 와 닿았다.
"이미 결정 난 일이에요."

  소연이 결혼하고 출산했을 때까지만 해도 영숙은 삶에 감사했다. 소소한 위기가 있었지만 그만하면 행복한 삶이라고 여겼다. 그 정도의 위기조차 겪지 않는 가정은 없다고 믿기 때문이었다. 수도권 변두리에 있는 작은 아파트 하나가 재산의 전부여서 소연이 결혼하는 데 보탬이 되어주지는 못했다. 소연은 속이 깊어 애초에 부모의 도움을 받을 생각은 하지 않았다. 소연을 남들이 부러워하는 대학에 보낼 수 있었던 것은 성실했던 영숙 부부였기에 가능한 일이었다.
  소연이 결혼을 한 이듬해 아이를 출산했다. 딸의 갸름한 얼굴을 그대로 쏙 빼닮은 남자아이였다. 직장을 다니는 소연의 수고를 영숙은 덜어주고 싶었다. 하지만 남편이 탐탁지 않게 여길까 봐 눈치가 보였다. 영숙은 남편에게 손자를 봐주고 싶다고 넌지시 말했다. 육아는 오로지 자신의 몫이니 상관하지 말라는 말도 덧붙였다. 뜻밖에도 남편은 영숙만큼이나 지민을 예뻐했고, 기다렸다. 괜히 혼자 끙끙 앓았던 일이 우습게 느껴졌다. 영숙은 자신과 남편의 의사를 소연에게 전했다. 결혼까지 하고서 부모에게 폐를 끼치는 건 염치없는 일이라며, 소연이 마다했다. 대신 주말마다 아이를 데리고 영숙의 집에 들렀다. 주말만이라도 딸이 편히 쉴 수 있다고 생각하니 마음이 놓였다.

아이는 비를 맞고 자라나는 옥수숫대처럼 하루가 다르게 쑥쑥 컸다. 지민이 고개를 들고, 엎드리고, 배밀이를 하고, 기는 것을, 고스란히 보았다. 평일에는 독서 모임과 걷기동아리에 나갔고 주말에는 남편과 함께 지민을 보는 재미로 시간을 보냈다. 열이 나거나, 넘어져 입술이 찢긴 지민을 안고 응급실로 뛰어가는 일이 간간이 생겼다. 집에서 멀지 않은 곳에 병원이 있어 다행이었다. 소연은 자신의 짐을 나눠서 지는 영숙 부부에게 고마워했고 그래서인지 껄끄러웠던 남편과의 관계가 조금씩 회복되고 있는 것처럼 보였다.

현충일이 낀 지난 유월 연휴였다. 소연을 따라 휴가를 떠난 지민이 집에 오지 않았다. 지민이 없이 남편과 단둘이 보내는 토요일은 지루했다. 함께 휴가 가자는 소연에게 자신의 가족끼리 오붓한 시간을 갖는 것도 필요하다며 영숙은 손을 내저었다. 지민을 봐주고 있다고 생각했었는데 그게 아니었다. 지민이 영숙 부부와 시간을 보내주고 있었던 것이었다. 영숙은 남편에게 일요일에는 둘이서 서울대공원이라도 다녀오자고 말했다. 어디든 다녀와야 주말이 지나갈 것만 같았다. 남편도 영숙의 생각과 다르지 않았던지 금방 고개를 끄덕였다.

  그날 밤 일기예보에 없던 큰비가 내렸다. 영숙은 새벽에 잠이 깨어 내내 거실 창밖을 내다보았다. 휴가를 떠난 소연이네가 걱정되어 몇 번이나 휴대폰을 들었다 놓았다. 곤히 자고 있는 소연을 깨우게 될까 봐 망설였다. 그러다 숙박은 리조트에서 한다던 소연의 말이 떠올랐다.

  아침에 영숙은 소연에게 전화를 걸었지만 받지 않았다. 이번에는 은호에게 전화를 걸었다. 한참 신호가 간 뒤에서야 전화를 받았다. 별일 없느냐고 묻는 영숙의 말에 지민과 함께 산책을 나왔다고 했다. 소연이 씻고 있어서 보채는 지민과 둘이 나왔는데, 산책을 나온 지민이 아주 좋아한다고. 통화를 하고 나니 불안했던 마음이 가셨다.

  도시락을 준비해 서울대공원으로 가려던 마음을 접었다. 어쩐 일인지 영 내키지 않았다. 간밤에 잠을 설친 탓이라고 여겼다. 이른 점심을 먹고 있을 때 소연에게서 연락이 왔다. 지민이 병원에 있다고 말하는 소연의 목소리가 가라앉아 있었다. 영숙은 불길한 마음을 향해 도리질을 했다. 산책을 하다 무릎이라도 까졌나 보다고, 아이를 키우다 보면 흔하게 겪는 일이라고, 소연의 잠긴 목소리는 그래서일 뿐이라고 중얼거렸다. 감기에 걸려 열이 조금만 올라도 심장이 바짝바짝 타들어가는 게 부모 마음이었다.

병원에 도착한 영숙이 지민을 만난 것은 영안실에서였다. 영숙은 장례 절차를 밟으며 소연의 차에 실린 지민의 짐을 집에 가져다놓으라고 남편에게 시켰다.

"엄마, 오리 인형이 없어. 지민이가 손에서 놓지 않던 오리 인형이 아무리 찾아도 보이지 않아."

소연은 보채는 지민을 달래기라도 하려는 사람처럼 오리 인형을 찾아 헤맸다.

"우리 지민이 그 인형 없으면 불안해한단 말이야. 그거 없으면 잠도 못 자. 엄마, 우리 지민이 어떡해?"

영숙은 소연의 등을 쓸고 또 쓸어내렸다.

지민이 좋아했던 오리 인형을 작은 관 속에 함께 넣어주고 싶었는데 끝내 찾지 못했다. 영숙은 남편을 시켜 노란 오리 인형을 사 오게 했다. 남편이 열 군데를 더 들러 사 왔다는 오리 인형은 닮았지만 달랐다. 지민이 가지고 다니던 것은 부리가 주황빛이었는데 관 속에 넣어준 것은 갈색이었다. 지민을 보내는 날, 다시 큰비가 내렸다.

소연이 일어나 가방을 챙겼다.

"가긴 어딜 가. 그런 식으로 도망간다고 일이 해결될 거 같아?"

남편이 목소리를 높였다. 순간 영숙은 소연의 입꼬리가 슬쩍 올라갔다가 내려가는 것을 보았다.

"그런 식이요? 그런 식이 어떤 식인데요?"

은호가 옆에서 소연의 옷소매를 잡아당기고 있었다. 그만하라는 말일 것이다. 소연이 팔을 뿌리쳤다. 남편이 입을 굳게 다물고는 마른침을 삼켰다. 무슨 말인가를 하려는데 목소리가 나오지 않는 모양이었다. 한참 만에 남편이 입을 열었다.

"고집부리지 말고 이번에는 내 말 들어. 그렇게 못하겠다면 은호하고 같이 가든가."

"학교는 어떡하고요?"

"어떡하긴. 교수도 아니고 대학 강사 자리는 나중에라도 얼마든지 얻을 수 있잖아."

소연뿐 아니라 은호의 얼굴도 흙빛이 되었다. 그러잖아도 위태로워 보이는 소연 부부에게 남편이 기름을 끼얹은 셈이었다. 소연은 눈을 치떠 영숙 부부를 한 번 올려다보고는 돌아섰다. 영숙은 안절부절못하며, 싸놓은 반찬 통을 소연에게 내밀었다. 소연은 영숙이 내미는 그것을 받지 않았다.

"가져가 먹어. 너 내가 만든 잡채라면 자다가도 일어나 밥 먹던 애였잖니. 갈비도 그렇고. 게장은 은호가 좋아하는 거고."
영숙은 소연의 한쪽 입꼬리가 씰룩거리는 것을 보았다.
"집에서 밥 먹을 일 없어요."
꾹꾹 누르는 목소리로 말하며 소연은 반찬이 든 가방을 밀어 놓았다. 얼굴이 푸석푸석하고 비쩍 마른 소연을 보니 영숙은 안타깝기만 했다. 어떻게 해서든 소연에게 반찬을 들려 보내야 할 것 같았다.
"밥 먹을 일이 왜 없어. 시시때때로 찾아오는 게 밥땐데. 먹기 싫어도 억지로라도 먹어야지."
반찬 통이 든 가방을 쥐여주는 영숙의 손을 소연이 뿌리쳤다. 가방이 떨어지며 반찬 통 하나가 굴러 나왔다. 은호가 떨어진 반찬 통을 챙겨 가방에 넣으며 잘 먹겠다고 인사했다.
"잘 먹겠다고?"
소연의 목소리가 갈라졌다.
"잘 먹어야지. 산 사람은 어떡하든 살아야지."
영숙이 끼어들었다.
"산 사람은…… 살아야 한다고요?"
소연이 곱씹듯 되물었다.
"엄만 죽은 손주보다 살아 있는 딸이 더 소중해."
지민의 사고에 붙잡혀 있는 소연이 안타까웠다. 할 수만 있다면 지민이 태어나기 전으로 소연을 되돌려놓고 싶었다.

남편의 바람대로 소연 밑으로 아들이라도 하나 두었다면 좀 달랐을까. 몇 번의 유산이 거듭되면서 어쩔 수 없이 남편은 간절히 원하던 아들을 포기했다. 대신 소연에게 모든 기대를 걸기 시작했다. 집안의 자랑이 되어야 한다는 남편의 말을 부담스러워하면서도 소연은 기대를 저버리지 않았다. 공부를 잘해 다른 사람들의 부러움을 샀고 큰돈 들이지 않고도 보란 듯이 명문대에 합격했다. 딸이 더욱 빛나기를 바라는 남편의 속마음엔 자신의 영광이 자리하고 있었다. 그런 딸 소연이 대학원에 가지 않겠다고 했을 때부터 남편의 심기가 상했다. 소연은 졸업과 동시에 취직했고 직장을 다닌 지 반년도 되지 않아 결혼하겠다고 했다. 임신 사실을 알리며 결혼을 하겠다고 고집을 부리는 소연의 뺨을 남편이 때렸다. 소연뿐 아니라 지켜보던 영숙도 놀라기는 마찬가지였다. 처음 있는 일이었고 예측하지 못한 상황이었다. 남편은 가부장적인 권위를 앞세우는 사람이긴 했으나 지금까지 소연이나 영숙에게 손을 댄 적은 없었다.
"제 인생이에요."
조용하고 차가운 목소리였다. 다 너를 위해 그러는 거라고, 정말 모르겠느냐고 남편이 말했다. 저를 위해서라고요, 아빠 자신을 위해서가 아니고요? 자랑하고 싶으신 거잖아요. 남편은 소연의 말에 대꾸하는 대신 병원에 가자며 팔을 잡아끌었다.
결국 소연의 고집으로 결혼을 시켰다. 그러나 사위가 소연보다 한참 나이가 많다는 것과 대학 강사라는 직업을 남편은 탐탁지 않아 했다. 소연이 결혼을 하지 않았다면 지금쯤 대학에서 학생들을 가르치고 있을 것이고 사위와는 달리 교수라는 직함을 금방 얻었을 것이라고 믿는 것 같았다.

"그래서 그날 그렇게 전화한 거예요? 내가 더 소중해서?"

영숙은 소연이 무슨 말을 하는지 알 수 없었다.

"엄마가 전화만 안 했어도 우리 지민이…… 그렇게 죽진 않았을 거야."

아랫입술을 깨문 소연의 입술이 파르르 떨렸다. 불길한 무언가가 영숙을 덮쳐왔다. 손이 덜덜 떨렸고 심장이 조여드는 기분이 들었다.

"그 입 다물지 못해!"

천둥소리처럼 쩌렁쩌렁한 목소리에 고개를 드니 남편이 아랫입술을 깨문 채 부들부들 떨고 있었다.

"아무리 힘들어도 할 말이 있고 하면 안 되는 말이 있지."

남편이 소연을 향해 숨을 씩씩거렸다. 영숙은 은호에게 소연을 데리고 가라는 손짓을 했다. 은호가 소연의 등을 밀었고 소연은 말없이 가방을 챙겨 들었다.

대체 뭐가 잘못된 걸까. 아들이 있어야 한다고 고집을 부렸을 때, 소연에게 집안의 자랑이 되어야 한다고 거듭 말했을 때를 제외하면 지금까지 남편과의 관계에서 큰 불만을 느껴본 적이 없었다. 남편은 성실한 사람이었고 예의를 지킬 줄 아는 사람이었다. 소연이 대학에 들어가면서부터는 남편의 도움으로 취미생활을 시작했다. 십 년 전의 일이었다. 그림을 배웠고 해금을 켜보았으며 수영을 했다. 사교댄스를 배웠고 독서 모임에 들어갔다. 처음으로 해보는 분에 넘치는 생활이었는데 영숙은 그런 대부분의 일들을 곧 그만두었다. 색다른 일을 한다는 건 삶의 활력이었으나 영숙은 자신이 그런 것에 썩 재주가 많지 않다는 것을 깨달았다. 다만 독서 모임에는 꾸준히 나갔다. 특별한 재주가 필요한 모임은 아니었다. 책을 함께 읽고 이야기를 나누었다. 남들이 유창하게 하는 이야기를 듣고 자신이 얼마나 부족한지 깨달았지만 상관없었다. 다른 취미 생활에 비해 돈이 들지 않는다는 점도 마음에 들었다. 일주일에 한 번씩 만나 토론을 하고 근처 식당에서 점심을 먹었다. 가족이 아닌 다른 사람들과 밖에서 점심을 먹는 일이 즐거웠다. 그녀는 독서 모임에서 알게 된 사람의 소개로 걷기 동아리에 참여했다. 길이 난 곳이면 어디든 상관없이 걸어 다니면 되는 일이었다. 걷고 걷고 또 걸었다. 새로운 길을 걷는 재미가 쏠쏠했다. 걷다 보면 구질구질한 잡념들이 사라졌다.

  지민의 죽음으로 영숙이 누리던 소소한 일상의 행복은 사라져버렸다. 침묵이 냉기를 품고 집 안 곳곳에 스며들었다. 말이 되지 못한 생각은 독성을 품은 균이 되어 떠다녔다. 은호는 왜 아이 손을 꼭 잡고 있지 않았을까. 소연은 아침부터 뭘 하느라 아이를 챙기지 못했던 걸까. 그런 물음 끝에는 자신이 왜 소연이네를 따라가지 않았는가 하는 자책이 뒤따랐다. 함께 갔더라면 지민을 놓치는 일은 없었을까. 사고는 공교로운 시간에 빈틈을 노려 일어나는 것이었고 그것은 신의 영역이었다.

 소연이 영숙을 원망하고 있을 줄은 몰랐다. 영숙의 전화 때문에 지민이 죽었다니 그게 말이 되는가. 머리가 지끈거렸다. 영숙을 원망하는 소연도 소연에게 괴성을 질러대던 남편도 제정신이 아닌 것 같았다. 다 저놈의 비 때문이지. 영숙은 창으로 시선을 던지며 중얼거렸다. 커튼이 가리고 있는 창으로는 아무것도 보이지 않았다.

 투두둑, 빗방울 떨어지는 소리에 영숙은 감았던 눈을 뜨고 커튼을 걷었다. 제법 굵어진 빗방울이 창을 적시고 있었다. 지민이 주검으로 돌아온 그날, 밤새 걱정을 하던 영숙은 아침이 되자 소연에게 전화를 걸었고 받지 않자 기어코 은호에게 전화를 걸었다. 은호랑 통화를 하는 사이 지민은 불어난 개울 쪽으로 걸어갔고 손에 쥐고 있던 애착 인형인 오리를 놓쳤다. 그 오리 인형을 주우려다 지민이 물살에 휩쓸린 것 같다고 했다.

 오리 인형을 사준 것도, 하필 그 시간에 전화를 건 것도 영숙이었다. 내색한 적은 없지만 생각이 많아질 때면 아이를 잘 보지 못한 은호에게 원망하는 마음이 생겼다. 영숙이 그랬던 것처럼 소연 역시 그럴 것이었다. 비단 소연뿐이겠는가. 하필 그때 전화를 한 영숙을 은호는 또 얼마나 원망했을까. 그것도 모르고 소연을 위한답시고 먹을 것을 해다 바치고 귀찮아하는데도 전화를 해대면서 영숙은 괜찮은 엄마라고 자부했다.

  소연이 가고 나서도 한참이나 소파에 앉아 있던 영숙은 휴대폰으로 에스토니아라는 나라를 검색했다. 가도 가도 경계가 보이지 않는 러시아 땅 서쪽 귀퉁이에 붙어 있는 작은 나라였다. 수도는 탈린이고 인구가 130만 정도이며 땅의 면적도 남한의 절반에 미치지 못하는 나라. 그런 작은 나라지만 의료 행정 교육 기업 생태계 등을 혁신하는 애플리케이션을 탑재해 국가를 경영하는 디지털 강국이었다. 소연은 국내 최고의 IT 업체에서 플랫폼과 콘텐츠 관련 업무를 맡고 있었다. 그런 소연이 능력을 인정받아 에스토니아 주재원으로 발령받은 것은 당연한 결과였다. 다만 시기가 문제였다. 위험이 닥칠지도 모르는 그런 곳으로, 혼자 가는 게 여러모로 신경이 쓰였다. 머리가 지끈거리며 몸이 뜨거워졌다. 영숙이 냉장고 문을 열고 몸을 들이밀었다. 남편이 그런 영숙을 물끄러미 지켜보고 있었다.

  "당신 탓이 아니야."

  걱정 가득한 목소리로 남편이 말했다. 내 탓이 아니면 대체 누구 탓일까. 영숙은 그런 생각을 하며 냉장고 문을 세게 닫았다. 냉장고 위에서 무언가가 떨어졌다. 영숙은 냉장고 틈 검은 공간에 눈을 갖다 댔다. 뭉텅이 진 어둠 사이로 희끗희끗한 것이 보였다. 손을 집어넣었다. 닿지 않았다. 팔을 있는 힘껏 밀어 넣었다. 어깨가 걸려 더는 손을 뻗을 수 없을 때 손끝에 닿는 게 있었다.

"어쩌다 여기 있었던 걸까?"

영숙은 먼지를 뒤집어쓴 오리 인형을 보며 고개를 갸웃거렸다. 소연이 맡긴 짐을 샅샅이 뒤졌는데도 찾지 못했던 것이었다.

"이걸 찾았다고 소연이한테 말할까요? 그러면 소연이 그 먼 나라에 가지 않을까요?"

물을 먹어 파랗게 질린 지민의 입술이 떠올랐다. 소연에게 어깨와 무릎을 내어주기 위해서는 자신부터 단단해져야 했다. 두려워 외면할수록 그것의 형상은 점점 더 거대하고 뚜렷해졌다. 이제는 용기를 내어 정면으로 마주해야 했다. 창문을 열었다. 들이치는 비가 차가웠다. 한참이나 창가에 서 있던 영숙의 머릿속으로 생각 하나가 스치고 지나갔다. 영숙은 부랴부랴 오리 인형을 소독하기 시작했다.

지민이가 집에 와 있을 때였다. 비가 내리기 시작하자 밖으로 나가자고 보챘다. 우산을 받치고 아이와 함께 집을 나서 바로 옆 새로 지은 아파트 단지로 갔다. 그곳에는 개울로 이어지는 인공 연못이 있었다. 노란 오리 인형이 지민의 손에서 꽥꽥 소리를 내질렀고 아이는 발을 구르며 빗속을 첨벙거리며 뛰어다녔다. 옷이 젖는다고 우산 속으로 들어오라고 소리쳐도 말을 듣지 않았다. 하는 수 없이 영숙도 우산을 내던졌다. 불어난 빗물로 개울의 유속이 빨라졌다. 집으로 돌아가자고 지민의 손을 잡았을 때 오리 인형이 개울 속으로 빨려 들어갔다. 멀어져가는 오리 인형을 보며 지민이 울기 시작했다. 떠내려가는 그것을 잡으려고 내달리다 영숙은 몇 번이나 넘어졌다. 무릎이 까지고 팔꿈치에 상처가 생기고 나서야 잡을 수 있었다. 건져 올린 오리 인형을 들고 절뚝거리며 지민에게로 갔다. 울음을 그친 지민이 작은 손으로 영숙의 무릎을 매만졌다.

  화장한 지민의 유골을 강물에 흘려보내자고 주장한 건 영숙이었다. 어디든 훌훌 날아갔으면 했다. 추모공원 같은 좁고 답답한 곳에 지민을 가두고 싶지 않았다. 무엇보다도 소연이 죽은 아이한테 발목 잡혀 운신하지 못할까 봐 두려웠다. 인공 연못이 이어지는 개울을 따라가면 지민의 유골을 흘려보낸 강이 나온다는 걸 영숙은 기억해냈다. 영숙이 주섬주섬 옷을 챙겨 입자 남편도 바람막이를 찾아 걸쳤다. 부부는 아파트 현관을 나가 빗속에 섰다. 오층짜리 오래된 아파트가 비를 맞으며 우두커니 서 있었다. 영숙은 바로 옆 새로 지은 아파트 단지로 걸음을 옮겼다. 남편도 그녀가 어디로 가는지 알고 있다는 듯 영숙의 뒤를 따랐다. 신축단지로 가는 길에 놀이터가 있었다.

"지민이 저 위에 있을 땐 아득히 높기만 하더니……"

영숙이 비를 맞고 있는 미끄럼틀을 올려다보며 중얼거렸다.

"당신이 지민이 눈으로 봤을 테니까."

남편이 대꾸했다.

"정말 그런 걸까요? 손을 뻗으면 닿을 것 같은데 그땐 참 높아 보였어요."

미끄럼틀을 향해 허겁지겁 오르던 지민이 혹여 떨어지기라도 할까 봐 노심초사했던 일이 떠올랐다. 영숙은 생각을 떨쳐내기라도 하려는 듯 빠르게 새 아파트 단지 인공 연못 쪽으로 걸었다. 개울로 이어지는 연못 앞에 이르렀을 때, 영숙은 멈췄다. 남편도 영숙의 옆에 나란히 섰다. 가로등 불빛에 빗물은 빛조각으로 쏟아져 내렸다. 푸른빛과 붉은빛 그리고 노란빛이 섞인 조각들이었다.

"아무리 생각해도…… 보내주는 게 맞겠지요?"

영숙은 다짐하듯 말하고는 품속에서 오리 인형을 꺼냈다.

"우리 지민이한테 가서 전해줘. 할머니와 할아버지, 엄마와 아빠가 지민이 사랑한다고. 그리고 우리 가족으로 와줘서 고맙다고. 그러니 훨훨 날아가서 다시 만날 때까지 잘 지내고 있으라고."

영숙은 오리 인형을 손에 받쳐 들고 한참을 들여다보다 인공 연못 위에 띄웠다. 노란색 오리가 마지막 인사를 하듯 빛 조각의 회오리 속에서 둥둥 떠 있더니 이내 개울 쪽으로 떠내려갔다. 영숙은 순식간에 사라진 오리를 눈으로 쫓으며 지민에게 무사히 가닿기를 기도했다. 남편도 멀어지는 오리를 쫓고 있었다. 영숙은 생각했다. 오리처럼 소연도 놓아주어야 하리라. 빗물이 쏴락쏴락 인공 연못 위로 떨어졌다. 물이 차오르는 만큼 오리는 지민에게 더 빨리 닿을 것만 같았다. 늘 두려웠던 비였는데 묘하게도 위안이 되었다. 영숙과 남편은 종착지를 알 수 없는, 오리가 떠내려간 물길을 오래 쳐다보았다.

해설

욕망의 지배 구도

박덕규(소설가 · 문학평론가)

1

 소설은 허구적인 이야기를 통해 인간의 삶을 서사적으로 그려내는 문학 장르로 정평이 나 있다. 근대에 들면서 그 허구는 마냥 허구가 아니라 '사실에 가까운 허구', '사실 같아 보이는 허구'라는 의미가 강화되었다. 작가들은 허구의 영역에서 한껏 상상력을 발휘하지만 독자에게는 그것이 사실로 읽힐 것이라는 기대를 포기하지 않는다. 이처럼 근대소설은 현실을 반영하거나 변형해서 인간 삶의 의미를 탐구함으로써 '그것이 현실이기를 바라는' 독자의 기대에 부응한다.
 단편소설은 근대소설 양식에서 가장 '근대'에 출범한 장르라

할 수 있다. 발생학적으로는 산업혁명 이후 생겨난 산업 근로자들의 삶과 정서를 반영하는 정보 소비 품목으로 생겨났다고 볼 수도 있겠다. 단편소설은 주로 자본주의적 일상에서 흔히 일어날 법한 이야기를 하나의 갈등이나 사건에 집중하면서 간결하게 응축된 구조에 담아 독자를 매료하는 장르로 굳어졌다. 보통은 단일한 사건이나 주제를 중심으로 짧은 분량에 담은 응축된 서사라 할 수 있을 터이다. 끝맺음에서 반전이 일어나거나 서사적 종결 없이 여운을 남기는 예가 많다는 특징도 있다.

브랜드 매튜는 단편소설을 하나의 사건, 하나의 인물, 하나의 감정에 집중하여 통일성과 압축성을 갖춘 짧은 서사 형식이라 했다. S. 채프먼은 단편소설이 가진 길이의 제약, 즉 짧음과 즉각성이 함축과 여백의 미학을 가능하게 했으며 그 때문에 더 넓고 복잡한 소설에 비해 강한 긴장과 인상을 남기며 독자의 상상력을 낳는 장르가 된다고 했다. 제라르 주네트는 단편소설의 응축성을 구조적·의미적 핵심을 유지하는 전략이라 했다.

2

조미해의 소설들은 단편소설의 응축성에 대한 이러한 기본 원리를 새삼 상기하게 한다. 표제작 「선을 지키는 일」을 비롯해서「더미」,「부끄러움을 아는 마음」,「남태평양에는 쿠로마구로가 산다」,「마스카라」,「비 내리는 밤에 우리는」에 이르기까지 어느 한 편도 단편소설의 기본 원리에서 벗어남이 없다. 응축적인 플롯으로만 본다면 조미해의 소설은 단편소설의 교과서 같다.

가령「비 내리는 밤에 우리는」은 무더운 9월의 끝자락 영숙 부부의 집으로 시공간적 정황을 집중한다. 딸 소연과 사위가 모처럼 방문해 저녁식사를 함께하게 되는바, 소연 부부는 영숙 부부에게 둘의 결별을 짐작하게 하는 소식을 알린다. 그 결별은 소연 부부가 아들 지민을 잃은 충격을 벗어나지 못한 결과다. 소연 가족이 물놀이 휴가를 갔을 때 마침 영숙이 건 전화를 받느라 지민이 급류에 휩쓸려 간 것이다. 지민의 죽음은 할머니 영숙에게도 원죄다. 따라서 소연 부부의 불안한 결별 소식에 영숙은 죄의식을 면치 못한다. 영숙 부부는 지민이 좋아하던 오리 인형을 발견하고 비 오는 밤에 그것을 인공 연못에 띄워 보냄으로써 애도한다.

영숙은 오리 인형을 손에 받쳐 들고 한참을 들여다보다 인공 연못 위에 띄웠다. 노란색 오리가 마지막 인사를 하듯 빛 조각의 회오리 속에서 둥둥 떠 있더니 이내 개울 쪽으로 떠내려갔다. 영숙은 순식간에 사라진 오리를 눈으로 쫓으며 지민에게 무사히 가닿기를 기도했다. 남편도 멀어지는 오리를 쫓고 있었다. 영숙은 생각했다. 오리처럼 소연도 놓아주어야 하리라. 빗물이 쏴락쏴락 인공 연못 위로 떨어졌다. 물이 차오르는 만큼 오리는 지민에게 더 빨리 닿을 것만 같았다. 늘 두려웠던 비였는데 묘하게도 위안이 되었다. 영숙과 남편은 종착지를 알 수 없는, 오리가 떠내려간 물길을 오래 쳐다보았다.(217쪽)

「비 내리는 밤에 우리는」은 이처럼 영숙의 손주 지민의 운명적인 죽음이라는 사건을 내세워 그로부터 일어난 몇몇 에피소드를 아우르면서 그 해결의 장으로 나아간다. 이때 이 소설은 사건의 발생과 결과에 이르는 전 과정을 하나의 상황에 응축함으로써 극적 긴장과 심리적 몰입을 가능하게 했다. 조미해의 소설은 이처럼 단편소설 특유의 응축성을 유지함으로써 독자를 흡입하고 있다.

이와 같은 응축성은 다른 소설에서도 거의 고르게 유지된다. 「마스카라」는 한 메이크업 아티스트('나')의 샵에서 '나'의 어머니 장례 때 사자(死者) 메이크업을 담당한 장례 메이크업 아티스트(문주연)에게 행하는 신부 화장에 상황을 응축한다. 「남태평양에는 쿠로마구로가 산다」는 어느 날 한밤중의 '나' 앞에 바다로 나가 실종된 아버지를 연상케 하는 오십대 남자가 나타나 대화를 나누는 상황에 집중한다. 「선을 지키는 일」은 새로 이사 온 이웃과 식사를 하면서 대화를 나누는 동안 '나'가 겪은 이전의 불쾌한 '선 넘기 당한 경험'을 상기한다. 「그런 게 다 무슨 소용이에요」는 아들 한들의 고교 졸업식에 참석한 엄마 정연의 불안한 한나절을 다루고 있다. 「더미」는 쌍둥이 언니가 죽자 자신이 죽은 걸로 처리하고 언니를 대신해 주체적으로 행동에 나선 쌍둥이 동생 영화(나)의 당당한 하루에 집중한다. 다만 「부끄러움을 아는 마음」은 시간적 응축은 덜한 대신 한 아이(서준)가 담임선생(나리)에게 관심을 끌기 위해 부리는 통제되지 않은 행동들에 초점을 맞춘다.

3

조미해 소설의 이러한 응축적인 플롯은 물론 서사의 밀도를 높이고 독자에게 긴장감을 주려는 의도에서 비롯된 것이라 할 수 있다. 그런데 이를 통해 얻는 주제적 효과는 소설마다 남다른 결을 유지한다. 이를테면 「비 내리는 밤에 우리는」은 실수로 딸 부부의 행복을 파괴했다고 생각하는 부모의 내적 고통을 드러낸 소설이다. 「부끄러움을 아는 마음」은 한 아이의 집착적 행동을 통해 부끄러운 마음은 어떻게 생기는가에 대한 질문을 드러낸 스토리다. 「남태평양에는 쿠로마구로가 산다」는 실종

된 아버지에 대한 간절한 그리움을 드러낸 소설이라 할 수 있다. 「마스카라」는 삶과 죽음은 극단적으로 대비되는 지위에 해당하지만 삶은 결국 죽음으로 가는 과정이며, 죽음은 삶의 또 다른 여정이라는 의식을 드러낸다.

이에 비해 「선을 지키는 일」, 「그런 게 다 무슨 소용이에요」, 「더미」 등은 무엇보다 인간이 자본주의적 구조 내에 생존하면서 어떻게 사는가에 대한 주제에 가닿는다는 공통점이 보인다. 이 소설들은 대체로 삶의 목표에 관한 진정성에 대해 질문한다. 그 질문은 단순히 인간은 태어나 어떻게 살아가야 할 것인가와 같은 형이상학적 지표에 그치지 않는다. 그것은 등장인물이 처한 세계, 즉 우리가 살고 있는 21세기 한국 사회에서 사는 문제와 깊이 관련을 맺는다.

「그런 게 다 무슨 소용이에요」에서 아들 한들의 졸업식에 온 엄마 정연의 당일 목표는 졸업식을 마친 뒤 한들을 재수학원에 입소시키는 일이다. 한들은 졸업식장에서 졸업장을 수여받은 직후 텀블링 퍼포먼스를 해서 졸업식장을 시끌벅적하게 만든다. 한들은 수시에서 명문사립대 우주항공과에 합격했으나 아버지(정연 남편)의 반대로 재수를 해야 할 상황이다. 한들은 이에 저항한다. 정연은 한들이 학교 유리창에 새들이 와서 부딪쳐 죽는 일을 막을 겸 유리창마다 특별한 글귀를 쓴 종이를 붙이곤 했다는 사실도 이날 정확히 알게 되면서 한들이 무언가를 선동하고 있다고 생각한다.

한 번 더 얘기하는데, 오늘 한들이 학원에 제때 잘 입소시켜.
평소와 다른 정연의 태도에 남편은 마음이 놓이지 않는지 다시 전화를 걸어와 다짐을 두었다. 정연은 남편의 그런 일방적인 태도가 거슬렸다. 학교 유리창에 붙어 있던 글귀를 봤을 때처럼 가슴이 답답해왔다. 평소라면 고분고분 남편의 말을 따랐을 테지만 오늘은 그러고 싶지 않았다.
그런 게 다 무슨 소용이에요.
몰라서 물어? 애 인생이 달린 문제야.
남편이 목청을 높였다.
그러니까요. 한들이 인생은 우리가 결정할 문제가 아니라고요!(187~188쪽)

「그런 게 다 무슨 소용이에요」를 이끌고 가는 시점인물은 정연이다. 정연에게는 한들의 대학입시가 인생의 과제인 상황이다. 이는 졸업식에 참여한 모든 학부모들에게도 마찬가지다. 이들의 뜻은 현직 의사로서 한들의 입시 방향을 의대로만 맞추어야 한다는 한들 아버지의 맹신적의 목표에 그대로 상응한다. 그러나 한들의 생각은 다르다. 자라면서 우주에 관심에 많았으며 앞으로도 그 계통으로 공부하고 싶어 한다. 무엇보다 아버지나

학교가 제시하는 획일적인 방향을 못 견뎌 몸부림치는 인물로 그려진다. 졸업식장에서의 텀블링이나 학교 유리창에 새들이 와서 부딪쳐 죽는 일을 막기 위해 특별한 글귀를 쓴 종이를 붙이는 행위 등이 한들이 보인 저항 행위다. 뒤늦게 이를 이해한 정연도 남편의 뜻에 '그게 다 무슨 소용이에요?'로 맞선다. 한들의 저항은 소설 말미에 "룸미러로 뒷좌석을 살폈다. 한들이가 보이지 않았다."(188쪽)의 상징적 장면으로 극단화된다.

「더미」에서 영화('나')는 죽은 쌍둥이 언니 영주를 대리해 '더미'를 만드는 특수분장사로 나서고 있다. 쌍둥이로 살면서 영주에 비해 열등한 존재로 비교되던 '나'는 영주가 숨겨놓은 인물로 분장 작업을 도와온 처지였는데 영주의 죽음을 계기로 그 죽은 사람을 영화로 확정짓게 하고 스스로 영주로 변신해 있다. 소설에서 '나'는 그동안 영주를 가학적으로 이끌어 온 분장감독과 대면하면서 자신이 가짜 영주임을 의심받으면서도 끝내 이를 견딘다.

이제부터 시작이었다. 앞으로 나아가야 한다는 것, 그것만이 명료하게 남아 머릿속을 맴돌았다. 나는 그의 뻘처럼 질척이며 번들거리는 두 눈을 뜨겁게 응시했다. 마주친 눈빛이 뒤섞이다 하나가 되었을 때 나는 천천히 이를 드러내며 소리 없이 웃었다. 어쩌면 그를 옭아맬 수도 있을 것 같았다.

(……)

나 때문에 죽었다는 말이 하고 싶은 게냐. 내가 거기를 담뱃불로 지져서, 그래서 죽었다고?

감독님이 그런 짓을 안 했다면 지금 감독님 앞에 서 있는 사람은 영주겠지요. 죽지 않았을 테니까요. 그래도 감독님 앞에 있는 제가 영주가 아닌가요?

나는 그 말을 하며 등 뒤에 있는 휴대폰을 흘깃 보았다. 녹색 불이 들어와 있었다. 그는 혼란스러워 보였다. 무슨 대답을 해야 할지 망설이는 눈치였다.

감독님, 제가 누군가요?

다시 물었다.

영주, 너는 영주가 아니냐.

나를 물끄러미 쳐다보던 그가 대답했다.

영주야, 보고 있니? 어릴 때부터, 사람들은 네가 나보다 영특하다고 말했지. 언니는 역시 다르다고. 영화는 영주를 도저히 따라갈 수 없다고. 근데 이제 아니야. 더미 만드는 실력도 내가 더 월등해. 그가 말했거든. 예전의 영주에게서 부족했던 과감함이 지금의 내게는 있다고 말이야. 영주 너는 그에게 짓밟히고 사라졌지만 나는 절대 그렇게 안 당해. 내가 어떡하는지 두고 봐.

나는 녹음 종료 버튼을 눌렀다.

좋아요. 영주죠. 저는. 당연히.

감독을 향해 말하며 엷게 웃었다.(36~37쪽)

「더미」는 이를테면, 특수분장사로 출세하려는 한 여성(영화)의 욕망이라는 단일한 주제를 부각하고 있는 소설이다. 이때 쌍둥이 언니 영주는 욕망 성취 과정에서 대립적 존재로 작동한 부인물이고, 분장감독은 영화의 출세가도에 디딤돌 구실을 하는 보조적 인물이다. 영주가 분장감독에게 철저히 농락당하며 지위를 유지해온 데 반해 죽은 영주 대신 새로이 영주로 탄생한 영화는 분장감독의 대응을 녹음함으로써 약점을 잡고 상황을 역전한다. 그 상황 역전이란 결과적으로 "앞으로 나아가야 한다는 것", 즉 험악한 자본주의적 욕망의 지배구도에 놓이면서도 그것을 뚫고 출세하는 일에 가닿는다.

4

「그런 게 다 무슨 소용이에요」에서 '한들의 의대 진학'이라는 지상 명제에 매달리는 정연 남편의 욕망은 사실 개인의 욕망에 그치지 않는다. 그것은 그날 졸업식을 참관한 모든 부모들의 그것과 다르지 않다. 나아가 그것은 21세기 한국 사회 전체의 욕망의 구도를 그대로 닮아 있기도 하다. 작가 조미해는 이런 욕망의 구도를 한들 가족으로 응축해 드러내면서 그 문제점을 강력히 시사한다. 나아가 아버지의 요구에 한들이 맞서고 마침내 정연마저도 '그런 게 다 무슨 소용이에요'로 맞서는 과정을 통해 욕망의 노예가 된 사회를 정면에서 비판해 보인다.

「더미」에서 '나'는 쌍둥이 언니 영주가 출세를 위해 어떤 수모를 겪었는지 충분히 짐작하고 있다. 영주는 분장감독의 욕망대로 움직이는 대리인이었지만 그 수모를 견디며 특수분장사의 지위를 공고히 하려다 좌절하고 죽음을 맞았다. 그런데 이를 알아낸 '나'의 행동은 자못 특별하다. 도덕적인 기대대로라면 '나'는 영주의 죽음의 원인이 분장감독의 과도한 폭력에 있었음을 밝히는 길을 택했을 것이다. 그러나 '나'는 도리어 분장감독의 그러한 약점을 빌미로 그의 욕망에 더욱 충실해지는 길을 택한다. 이는 우리 사회에서 출세를 위한 욕망의 지배 구도가 얼마나 완벽한지 증명하는 사례가 될 만하다.

이에 비해 「선을 지키는 일」은 좀 특별한 스토리로, 이러한 욕망의 지배 구도에 대해 증명해주는 소설로 읽힌다. '나'는 집에 놀러 온 동년배의 이웃집 여성과 저녁 식사를 함께하면서 그 이전 그 집에 살다가 이사 간 여성 유라 씨가 보인 행동에 대해 설명한다.

크리스마스이브, 친구 부부의 집에서 열린 파티에 유라 씨는 '나'와 같은 옷, 같은 스카프를 하고 나타난다. 사람들의 시선

속에서 '나'는 모욕감과 분노를 느끼고, 결국 와인을 유라 씨의 옷과 스카프에 일부러 쏟는다. 화를 감추지 못한 유라 씨도 감정이 폭발하고 만다. '나'의 남편 진규는 그런 상황을 제대로 이해하지 못한 채 오히려 '나'를 나무란다. 유라 씨는 또 그 이전에 '나'의 시부모 생신날 예고 없이 집으로 방문해 청하지도 않은 케이크 선물까지 하면서 존재감을 과시한 적도 있다. 유라 씨는 그에 그치지 않고 '나'와 친한 척하면서 '나'의 옷차림, 취향, 말투, SNS 활동까지 따라 하며 점점 '나'의 삶을 침범해 들어온 인물로 그려져 있다.

크리스마스가 지난 며칠 뒤 예정된 유라 씨 부부와의 해맞이 여행도 유라 씨의 일방적인 불참으로 무산된다. 뒤이어 도착한 유라 씨의 카톡 메시지 "그날, 제게 왜 그러셨어요?"(와인을 쏟은 일)는 화자의 감정을 더욱 뒤틀리게 만든다. 이후 유라 씨는 아무런 말도 없이 이사를 간다. 화자는 상실감과 당혹스러움을 안은 채 유라 씨에게 여러 차례 메시지를 남기지만 아무런 답변도 받지 못한다.

'나'에 대한 유라 씨의 행동은 물론 개인적인 성향에서 비롯된 것이지만 그 이면에는 그 사람이 살아온 사회계급에서 비롯된 습관이 반영돼 있다고 할 수 있다. 피에르 부르디외는 한 개인의 사고방식, 행동양식, 취향, 인식 방식 등을 형성하는 사회적으로 내면화된 성향 체계를 아비투스(Habitus)라는 말로 설명했다. 예를 들어 어떤 사람이 클래식 음악, 와인, 현대 미술을 좋아한다고 할 때, 이는 단순한 개인적 취향이 아니라 그 사람이 어떤 사회계급에서 자랐는지를 반영하는 아비투스의 결과라는 것이다. 「선을 지키는 일」에서 유라 씨의 '선 넘기'는 유라 씨의 아비투스의 반영인바, 그것이 '나'라는 상대를 만나면서 경쟁적인 욕망으로 화한 것이라 할 수 있다.

그런데 이 소설에 내재하는 아비투스는 여기에 그치지 않는다. '나'와 줄곧 얘기를 나누던 이웃집 그녀 역시 그런 존재다. 그녀도 한때 남자 선배와의 관계에서 스스로 오해받을 짓을 저질러놓고는 그 선배와 결혼한 인물이다. 자신의 욕망에 지배받는 행동을 스스럼없이 취한 것이다. 그녀는 '얼룩도 내 것이면 괜찮다'고 말하며 상처와 흔적마저도 자신의 일부로 받아들이는 자기중심적인 태도를 보인다. 그녀의 고백을 들은 '나'는 당황한다.

얼굴이 화끈 달아오른다. 처음 목격하게 되는 그녀의 모습 때문인지 술기운 탓인지 모르겠다. 나는 얼굴을 쓸어내리며 내가 우마 니론끼요리오를 왜 좋아하는 줄 아느냐고 그녀에게 묻는다. 아니 나 스스로에게 묻는 말이다. 그녀가 와인 잔을 입으로 가져가다 말고 나를 멀뚱히 쳐다본다.

"선을 넘지 않는 적당한 거리감 때문이야. 이 요리오가 딱 그 정도의 거리감이지. 내가 작년 크리스마스 선물로 요리오를 고른 것도 그래서야. 선물로서 과하지도 부족하지도 않은, 즉 내 생활에 무리가 갈 정도여서도 안 되지만 남들에게 우습게 보여도 안 되는 범위."

내가 생각하는 사람 사이의 거리감도 다르지 않다. 친밀하게 잘 지낼 필요는 있지만 지나쳐서 사생활을 침범할 정도면 곤란하다. 하지만 오늘 나는 그 거리감을 또 한 번 유지하지 못했다는 것을 알고 있다. 크리스마스 캐럴이 귓속을 파고든다. 결혼 후 맞는 두번째 크리스마스도 망쳐버린 것 같다.(68~69쪽)

유라 씨에게 상처 입은 '나'는 그 사실을 모두 그녀에게 설명했다. 그 내용은 주로 '서로의 관계에서 선을 넘지 않고 적당한 거리를 유지하는 게 중요한데 특히 유라 씨가 그 선을 넘은 행동을 보여 몹시 불쾌했다'는 것이었다. 그런데 알고 보니 그녀도 유라 씨와 유사한 경험을 저지른 존재였다는 것이다. '나'는 그녀의 얘기에 여전히 관계의 경계가 무너진 크리스마스의 기억을 떨치지 못한 채 "결혼 후 맞는 두번째 크리스마스도 망쳐버린 것 같다"고 느낀다.

그런데 '나'는 어떤 사람인가. 유라 씨의 선 넘는 침범을 받고 상처를 입었으며, 이웃집 그녀의 고백을 통해 다시금 '선을 넘는 일'의 불쾌한 기억 속에 젖지만 '나' 역시 실은 자기만의 '아비투스'에서 헤어나지 못한 상태라 할 수 있다. '나'가 좋아하는 와인을 정해놓고 마시고 남편에게나 이웃에게나 자기만의 선물을 고집하는 등의 일련의 행동은 사회적으로 내면화된 습관과 성향의 체계 속에서 세상을 인식하고 행동한 예가 된다.

   조미해의 소설은 전반적으로 단편소설로서 강한 응축력을 자랑한다. 편편이 자잘한 에피소드를 거느리고 있지만 대개는 단일한 사건을 중심으로 상황을 밀고 나간다. 특히 단편소설이 발생학적으로 자본주의적 욕망이 가져다준 여러 병폐에 대한 비판을 내재화한다는 점에 대한 각별한 이해를 바탕에 두고 있다. 집중된 상황에 놓인 인물의 심리적 묘사를 통해 극적인 긴장감을 낳고 그로부터 독자의 상상력을 이끌어내는 데 성공한다.

작가의 말

　해방촌에서 태어난 나는, 부모님의 고향인 거제도에서 성장기를 보냈다. 스무 살 이후로는 줄곧 수도권에서 살아왔지만 내 안의 풍경은 여전히 그 섬의 초록빛을 품고 있다.
　거제도로 이사한 건 여섯 살 무렵, 여름의 끝자락이었다. 우리가 도착한 곳은 바닷가가 아닌, 산 아래에 자리한 조용한 마을이었다. 눈을 찌를 듯한 초록빛이 사방을 뒤덮었다. 끊임없이 들려오던 풀벌레 소리는 고지대의 바람처럼 귓속을 먹먹하게 만들었다. 그 적막은 내 안의 무언가를 자꾸만 건드렸고 나는 그만 울고 싶어졌다. 그때 아득하게 들려오던 뻐꾸기와 산비둘기의 울음. 그럼에도 고요함은 끝나지 않았으며 아득함은 더욱 짙어졌다.

나는 지금도 가끔 끝없이 펼쳐진 초록 속, 막막한 적막감 속에 서 있는 듯한 기분이 든다. 내가 소설을 쓰게 된 건 아마도 그 시절의 경험들이 내 안에 깊이 남아 있었기 때문일 것이다. 불쑥불쑥 찾아오는 그 아득함을 어떻게든 표현해보고 싶었다. 말로 설명할 수 없는 감정들을 묘사하고 싶은 욕구는 결국 인간에 대한 궁금증으로 이어졌다. 사람이 사람으로서 지켜야 할 선은 무엇인가. 그 선을 지키기 위해 우리는 어떤 노력을 기울이는가. 개인의 의지는 삶에 얼마나 작용하는가. 나는 소설을 통해 그런 질문을 던지고 싶었다. 어쩌면 그것은 나 자신에게 던지는 질문인지도 모르겠다.

나는 늘 이방인의 자리에 서 있었다. 어린 시절 서울내기 다마내기로 살았던 것처럼, 지금은 거제댁으로 살고 있다. 그 이방인의 자리 역시 내 소설의 자양분이 되었음을 부인할 수 없다.

'한 아이를 키우려면 온 마을이 필요하다'는 속담처럼, 이 소설집이 나오기까지도 많은 사람들의 도움이 있었다. 언제나 나를 자랑스러워해주신 부모님, 오래전 다른 세상으로 떠난 오빠, 늘 아낌없는 응원을 보내주는 언니들과 남동생. 비록 생활은 빈곤했지만 사랑만큼은 넘치도록 받으며 자랐다.

늦은 나이에 글공부를 시작하며 내 재능을 의심하고 비틀거릴 때 곁에서 함께 흔들려준 문우들이 있어 견뎌낼 수 있었다. 언제나 앞에서 등불을 밝혀주신 선생님들, 투고에 선뜻 책을 내자고 해주신 강출판사 대표님과 편집자님께도 깊은 감사를 드린다.

  소설에 첫발을 디디던 순간부터 내 성장을 응원하며 지켜봐준 남편, 언제나 나를 자랑스러워하며 든든한 힘이 되어준 노을과 여명, 사랑한다.

  나를 스쳐간 모든 인연이 내 글의 자양분이었음을 인정한다. 이 자리를 빌려, 내가 아는 이들, 나를 아는 이들, 그리고 앞으로 만나게 될 미래의 독자들께 감사의 마음을 전한다.

  이 소설집에는 내가 품어온 질문들과, 그 질문을 향해 걸어가는 인물들의 흔적이 담겨 있다. 그들이 지나온 삶의 풍경이 독자 여러분의 마음에도 조용한 울림으로 남기를 바란다.

  이 책을 읽는 당신의 하루에, 한 줄의 초록빛이 머물기를.

2025년 가을에

수록 작품 발표 지면

더미 _『고양문학』 2024년 겨울호(2024년 고양행주문학상 수상작)
선을 지키는 일 _『문장웹진』 2023년 3월호
부끄러움을 아는 마음 _『문장웹진』 2024년 8월호
남태평양에는 쿠로마구로가 산다 _2016년 경북일보문학대전 대상 수상작
마스카라 _『한국소설』 2015년 12월호(2015년 토지문학제 평사리문학대상 수상작)
그런 게 다 무슨 소용이에요 _『황해문화』 2025년 여름호
비 내리는 밤에 우리는 _미발표작